新・世界現代詩文庫 6

スティーヴィー・スミス詩集

郷司眞佐代 編訳

Contemporary World Poetry

土曜美術社出版販売

新・世界現代詩文庫　6　スティーヴィー・スミス詩集　目次

詩篇

詩篇

アルスターの用心棒

ぼうや
見ておいき
かわいい子犬たち
あい色　栗毛　鼻ピクピク
小さいの　大きいの　おデブちゃんスリムちゃん
スポーツ犬にレジャー犬
縮れ毛テリアはおしゃまな陽気《ヨーク》シャーテリア
ラブラドル・レトリバー　名前はビーバー
　ごしんせつにどうも　おじさん
しょうばいじょうずだね
でも　ねえ　おしえて
暗くてひんやり　お店のうら
ひそんでいるのはいったいなあに?

ぼうず
子犬に用なきゃとっとと行きな
そいつはアルスターの用心棒
金髪でつながれたクーフーリン*だ
眼を閉じて唇は青いが
へたするとヤバイぜ
やつは売りものじゃぁない

＊　クーフーリンはアイルランド（アルスター）神話の英雄。鍛冶屋クーランの凶暴な番犬を殺して「クーランの用心棒」といわれた。

パパだいすき

ママはロマンチスト
巻き毛の男に恋をした
わたしのしょうもないパパ

もうずいぶん昔のことね

娘はパパがだいすき
そんなのいったいだれが決めたの
だってわたしはパパがだいきらい
なのにパパはわたしが可愛くて
因果だわ　わたしはまだみっつ

バギーのなかで手をあわせてた
なんでママはこんな人と
口にはださなかったけど
目は口ほどにっていうわね
それから二週間して
あの人は海へと逃げた
休暇で顔はみせたけど
なにも変わらなかった
悲しくもなかった

でもいま思えば
そうね　わたしもかわいくなかったわ

バンドール*

バンドール
そう　ここは南フランス　リビエラ
なぜか　あやしげなイギリス退役軍人がぞろぞろ
港で船上生活
（だって所得税も入港税もないでしょ）
ひがな顔をあわせちゃものの売り買い
手放したものには未練たらたら

昔の生活なつかしみ
戦前のイギリスはことのほか住みやすかったわい
オッホン　ワッハ　オッホン　ワッハ

みながみな鼻カタルらしく
痰を切る音　笑い声
バンドール
聞きしにまさる　すてきな町だこと！

＊　バンドールは大勢の英国人が引退後移り住んだヴァール県リビエラの町。作品が書かれた四〇年代、労働党政権を嫌ってフランスに来た退役軍人が物価の安かった戦前の英国を懐かしんでいる。

偉大なるアルフレッド

いよっ　男のなかの男
奥さんとこどもが七人
週のかせぎはかつかつ
だけど夢はすてない

どこまで詩人は

どこまで詩人は追いつめられる？
詩人はひとすじなわではいかない
へたにふみこんだら
死なれてしまうでしょう

スペイン画派

スペインの画家は
絵筆を苦しみに浸し
哀しみのスペイン色が生まれた

見て　エル・グレコを
地獄のキャンバスにキリストの叫びが聞こえる
ああ　またも私は血を流し死んでいく
やつれたマリアの嘆きも聞こえる
まだ懲りないのですか　わが子の血は永遠に流れ
　なければいけないのですか……
空は油の焼ける色　鮮血と黄色が煮えたぎる色
不吉な空をかくす丘もない

見て　ゴヤを　ゴヤのキリストを
カルデロン*の言葉そのままに
生そのものが罪だといわんばかり
救いのない暗さで描かれる
そして「ペラルの肖像画」
聞きたくもないことばかりしゃべりだしそうなく
　ちもと
「ドナ・イザベル」だって
わざと人目につかないところにおかれそうなくせ
　のある絵だわ

でもいいの　そこにはいつもリベラがいる
リベラの子羊は救いとやすらぎ
にがい薬にすりまぜるお砂糖みたい
でも……（子羊は生贄のしるし）
スペインの哀しみはお砂糖でも癒せないのね

＊カルデロン（一六〇〇〜一六八一）スペインの劇作家・詩人。多作であり八百もの作品を残し、何作かは米国の作家フィッツジェラルドの翻訳で知られる。

墓地のしじま

墓地はほんのり雪あかり
とむらいびとがゆききして
あしもとのしにびとを悼む
闇に黒くうかぶ柵の
雪がいっそう白い
私はおののく
月あかり　とむらいびとの顔おどろおどろしく
でも　見知らぬその顔は
滑稽なくらい場ちがいに
白くて甘ずっぱいカマンベール
わたしはわたしの墓のうえで
わたしの死んだ姿を想い
顎のカタカタする音に耳をかたむける
わたしもかれらと同じとむらいびと
ああ　つらき死
とむらいびとの愛を棺にはこぶ
わたしの愛を棺にはこぶ

森にひとり

森にひとりいると
いたたまれなくなる
木から空から敵意がむきだし
自然は森羅万象に憎しみを教えたのね
泣いたりわめいたりいつも大騒ぎなにんげんに
木々はあふれる樹液ではげしい緑の怒り

森じゅうの緑の怒りが牙をむいている
自然はとことんにんげんにうんざり
ぎょうぎょうしさにうんざり
もだえ苦しむ姿にうんざり
ぞくぶつ根性にうんざり
そうやってあくことなく
いっそうがむしゃらに
いっそうかけあしで
誤ったほうこうに
つき進んでいる
にんげんに
うんざり

ひい　ふう　みい

海
波が一〇五一
かもめが二三一羽
岸壁四〇〇フィート
三マイルの畑
家が一軒
家に窓が四つ
四つの窓に波がみえる
四つの窓に畑がみえる
家に天窓がひとつ
天窓に空がみえる
天窓の空にかもめが一羽とぶ

スワン

スワン
青ざめたスワン

湖上のちっちゃなソープ
なぜそんなにさびしそう
のぞみをすてたスワン
首をたれ　ぽつねんとスワン
ああ　いっそ死にたい
　きみはつめたい黒衣の花嫁
生きるしかばね　悲しいスワン

ダブリンのバッグ泥棒

シスレーは
靴音もたてず
それはステキに歩いたから

だれもしらなかった
よりによってその通りを歩いていたなんて
ダブリンではリフィー川が氾濫
鉄砲水が海に流れた
夜の女シスレーの命も流れた
ひったくりが彼女を一撃
バッグにはたったの五ポンド

ネイチャー　アンド　フリー　アニマルズ*

すべてを許そう
だが　おまえたち人間がわたしの犬にしたこと
そのことは許さない
ひとの心の病と身体の病を
おまえたちは教えてしまったのだ

ひとのしもべとなり
ひとの顔色をうかがい
ひとにべったりあまえ　ひとを喜ばせ
虐待をうけても　それにあまんじることを
おまえたちは教えてしまったのだ
そして最後は動物愛護団体に保護されることを
おまえたちは教えてしまったのだ
それを教えてしまったこと
そのことは許さない

主よ
おっしゃることはわかり
　ます
もっともなおことばです
ネイチャー　アンド　フ
　リー　アニマルズ
たいへんけっこうな人た

　ちです
ただわたしが言えるのは
あなたがそれを許さないというのなら
最初からわたしをお創りになるべきではなかった
　のです
わたしも好きで生きているのではないのです
わたしはどうしたらいいのでしょう
いっぽうにはネイチャー　アンド　フリー　アニ
　マルズ
いっぽうに主がおいでになり
生きた心地もいたしません

＊　当時存在した動物愛護団体の名称であろう。今でいえば RSPCA 英国王立動物虐待防止協会。

これっぽちも

あなたのこと
これっぽちもえらいと思わない
じぶんの気持ちに正直じゃないから
悲しくっても
笑いとばして
痛みがとおりすぎると
なんでもなかったような顔

あなたは勇敢だけど
おくびょうな偽善者よ

理由

取るにたらないわたしの人生
もう　うんざり
でもしばらく待つわ
決めるのはそれから

なぜって
きゅうに希望がわいて
いいことがあるかもしれない
はなひらくことがあるかも
しれないから

ただまだわからないのよ
神さまが味方なのか

ほんとうに力があるのか
それともいじわるなのかが

迷子の少年

森は暗くてぶきみで
魔法使いはおそろしく醜くかったけど
誘いにのっちゃったのは父さんのせいだ
ぼくに目もくれずスタスタ行っちゃうからだ
ずいぶん歩いたなあ
どこまで行ってもブナの森　コケの道
手をのばしてもなんにもつかめない
風もない　光もない
そうか　ここは陽もささないのか
あちこち　てくてくとぼとぼ　ぼくは行く
木をはいまわるのはチャタテムシ

自由に動けていいなあ
どうしよう　森はどんどん暗くなる
でもここもまんざらじゃない
火曜日だった　道に迷ったのは
あれから父さん母さんにも会ってない
とうさんかあさん？
へんだな　ぜんぜん恋しくない
うちなんかもういい　ここのほうがずっといい
きっとこうなる運命だったんだ
食べものさえあれ
ば　ぼくはここ
で満足さ
でも　ひもじさと
この暗さ
ぼく　いつまでも
つかなあ……

フレディ

だれにもわからない
わたしの気持ちなんか
フレディ　あなたが大好き
理性ではどうにもならないの
でもパブに連れていくのはもういや
わたしの仲間にとけこませるのにたいへん
みんなかれをけむたがる　かれはみんながきらい
知的なふんいきがフレディはまるでダメ
どこかひとのいない入江みたいなところだったら
かれはかれ　わたしもわたしでいられるの
結婚？　よけいなおせわ
わたしたち　それどころじゃないの　へとへとよ
ほっておいて　なるようになるわ
みんなにどう思われたっていい
かれのよさはだれにもわからない
かれのなかま？　もちろん知ってるわ
テニスや他愛ないお遊びに夢中なおじょうさまお
　ぼっちゃま
まっぴらよ
でもかれみたいなひとははじめて
干草の山のしたで愛を語れるようなひと
わたしたちはキスをして
かれはかれのなかまからのがれて
わたしはわたしのなかまからのがれて
おたがいの愛だけでリッチな気分でいられるの

イギリスのレディ

こちらのレディ　とても上品でいらっしゃる

胸はぺちゃんこ　小尻です

人生って

人生ってつらい
歌うのはメランコリー
ため息の花飾りをあんで
希望はすてましょう
こんな生き方どう？

とんでもないわ

どうせ死ぬ身
堕落にどっぷり
嘘はっぴゃくならべ
むちゃをやる
こんな生き方どう？
いただけないわね

耐えに耐え
みずから苦しみを求め
殉教者の名誉をうける
こんな生き方は？
まっぴらよ
死んだほうがずっとまし

ローレス・リーンを殺ったのはダレ

オウムが
ニンジン食べている
汚れた屋根裏部屋のケージで
どういうこと?
とんだこと
口は災いのもと

階下ではベッドで
ご主人つめたくなっている
兄弟たちがそばで
ひそひそばなし
気にするな　たかがオウムの繰り言

ついさっきまで
高天井のケージで
オウムは金切り声をあげていた
「ローレス・リーンを殺ったのはダレ!」
おばかさん
そんなこと
口がさけたって言っちゃダメ

それでオウムは屋根裏へ入れられた
ニンジンいっぽん放られて
おとなしくしてろ!
首をへし折られないだけましだろ!

ユーストン通りで

ユーストン通りのどまんなか

そこに　なぜか
別世界のような光景があった
テムズの緑の川岸の
ポプラの木陰でもあるかのように
車のながれのなかに
ひとりの労働者があおむけによこたわって
ときどき向きをかえ
ぴしゃりぴしゃりと通りをたたいていた
夢のなか占い棒でなにかをさぐっていたのか
それとも　夢をひきさくような
怒りの発作だったのか

郊外

夜中にそっとぬけだして
人の気配もすっかり掃きやられた夜道の
気ままなにおいをかぐの
敷石は勝ちほこったように
ああ　やっとじゃまものがいなくなった！
と　おもいきり天をあおいでる
夜つゆの道にライトのうすあかり
昼間の行き来がうそみたい
わたしはそうっと歩いていく
人がいなきゃこんな郊外もわるくないわ
パーマーズ・グリーンだってすてたものじゃない
どしゃぶりだって気持ちいい
舗道がきれると　そこはぬかるみ
なんのへんてつもない安普請の家が建設ちゅうで
土台やら運搬車やらジャムのびんやらがころがり
夜警のおじさんリウマチおして小遣いかせぎ
木立のなかジンやら食事も出すパブがみえる
その先にひみつの小道があって
はっとするような自然があるの

夜ごとに若葉がひらいて夜明けまえに茂っていく
緑はほんとに濃くてまばゆいほどよ
郊外はとりとめもなくひろがっている
でもそのいいところにだれも気づかない
たぶんそれに気づくのは
なにもかもあとかたなく破壊されたときでしょう

ご用心

おちょぼ口のひとにはお気をつけあそばせ
ひとにはなにも与えず
手にいれるものはすべて手にいれる

すき　きらい

すき　きらい
すき　きらい
花びらが　わたしの指からこぼれる
すき　きらい　すき　きらい

すき　きらい
そのひとの名はひみつ
わたしだけの花うらない
それがだれか知ったら
みんなわたしを責めるでしょう

すき　きらい
さいごの一枚でわかる

その顔はだれ
ほんとはわかりすぎるくらいわかってる

すき　きらい
さいごの花びら　飛ばしましょう
大声であなたの名前をよびましょう
つめたい黒衣の肩越しに
そのひとは　そのひとの名は　死

ドクター

かなりお悪いようですね
まったく最悪だって顔にかいてある
その痛み　どうにもがまんできないですか
ええ　とても　とてもできませんわ

睡眠薬かなにかいただきたいの
そしたらわたし長くさまよって
海辺のどこかに身をかくしましょう
まどろむわたしを
いつしか波が包みこんで
すっぽり包みこんで
そのときが
痛みから解放されるとき

しあわせなイギリス犬

イギリスの犬はしあわせだこと
ほえたいだけほえて
イギリスじゃなかったら
そうはいかないわ
イギリスの犬はしあわせだこと

ごよう聞きの少年にほえる
イギリスじゃなかったら
ご主人ともにお里がしれる

オウム

老いた緑のオウム
みすぼらしいケージの奥で
病んで不穏な眼は
ぶくぶく怒りにくすぶる
ノエルパーク　すすけた煙突の街
はるかジャングルの緑から海をこえ
やってきたこの街は
黄色い空　濡れそぼつ雨
そして　絶望の夜
濡れた舗道はランプの光にきらきら美しい
だがそれがなんの慰め
南国の太陽に育ったきみは
いまやクルップにおかされ
たえまない咳と痰で
ふさふさした胸はいっときの平和もなく
ふるふる　ふるふる
うらぶれた窓辺のとまり木でじっと死をまつ
もう楽にしてくれ
それだけを願って

＊　大気清浄法が施行される五〇年代前のロンドンの空は煤煙と霧の黄色い濃霧に覆われていた。モネやスーラなど印象派画家たちを魅惑した霧と雨のロンドン、その片隅の貧しい部屋に閉じ込められたオウムにはなんと過酷だったたか。

だいきらいだ

かのじょなんかくそくらえ
ツンツンしてて
上品ぶってるけど　かまととだ
はなをへしおってやりたい
でもどうやって
キスだ　キス
そう　むこうからキスを返してくるくらいにさ

みじめな恋

知らない女性《ひと》と足早に歩いてたわ　かれ
いっしゅんニッコリしたけど顔色はさえない
わたしを見るなりタクシーに飛びのった……
それがいかにもいみありげ
　ほんとにかれはわたしが好きなんだわ
夕方オフィスに電話をすると
せんせいはお食事ちゅう　伝言はございません
ああ　それがかえって雄弁にかたってる
　そんなにかれはわたしが好きなんだわ
パリ行き切符　プルマン寝台でひとり待つ
すると電話　秘書の声
せんせいはお立ちです　選挙区スコットランドへ
ああ　あの女性《ひと》と！
　でもかれが好きなのはわたしよ

ある夜あなたはやってきた
そおっと二階のベッドわき
あなた　入って　そこじゃ寒いわ
あなたは土気色でベッドに入る

ドキドキワクワク
ゆっくりねむって　朝になったら起こすわ
朝　夢心地であなたを起こし
わたしはひとねむり
あなたはつぶやく　その言葉は甘くもつめたい
　でも　それもぜんぶわたしが好きだから
陽がのぼってもう十時
ああ　また夢だったのね
じれったいひと　どうしてわかってくれないの
手紙を書くわ　そして言うわ
あなた　せつないほどあなたが好きなの

お母さん　ごみ箱のなかに神さまが

お母さん　わたし感じるの
ごみ箱や堆肥のなかに
人間らしい気持ちにさせるものが
いってみれば神さまが
ごみ箱のなか　堆肥のなか　じゃれてる猫
神さまはどんなところにだっているわ
そうでしょ　お母さん

ほうきや部屋のクモの巣に神さまがいる＊
そんなふうに思ったこともあったけど
でもやっぱり　神さまは教会の墓のなかよ

あいかわらずね　お母さん
でもそんなの気休めよ
ひとはただ死がこわいから神さまにすがるんだわ

いいえ　神さまはちゃんといらっしゃる
そんなふうに思うのは神さまを信じていないから

口をひらけばつまらないことばかりね
でも　お母さん　わたしはわたしの流儀でいくわ
神さまもけっきょくはひとがつくりあげたものよ
神さまがいるかいないか言っちゃいけないなんて
お母さん　どこまで神父さま？

＊　英国の牧師・詩人ジョージ・ハーバート（一五九三～一六三三）の詩からの引用。

親愛なるお嬢さん

お嬢さん　酷なようだけど
うんとお悩みなさい　それがあなたのため
でも　お望みとあれば
そのへんの人とおなじでいいのよ
みじめったらしくバカづらさげて

ぼくに卵をちょうだい

ぼくに卵をちょうだい　ばあや
そして黒ビールをたんと飲ませて
いちにんまえの男になるんだ
誰にも気づかれずに

ぼくに卵をちょうだい　ばあや
黒ビールをたんと浴びせて
いちにんまえの男になるんだ
ばあやの知らないうちに

ぼくに卵をちょうだい　ばあや
そんなに悲しまないで　泣かないで
お願い　黒ビールをもってきて
そして寝つけないぼくのまぶたをそっと閉じて

プロフェッサー・石頭の回想録

わたしは自称英文学擁護者《ガーディアン》
作家に年齢はきわめて重要
五十で賢く　六十で磨きがかかり　七十で哲人
若いのは意気さかんだが指導鞭撻がかかせない
はめはずし礼儀しらず　とにかく未熟
若さを定義するつもりはないのだが
まあ便利なものでもあるので……
そもそも文学とは
知的でまじめな文筆活動をする作家に許されるもの
わたしは古きを重んずるがんこもの
若い作家を怒っているのではなく
ただ憐れなだけなのだ
わたしの敬愛するのはシェークスピアやミルトン*
そしてハウスマン*
こういう古典派ですな
そして文学をふるいわけるのはつぎのふたつ
つまり年齢と学派である
これはわたしの学者としての信念であり
その時代の文学批評の基準にもなっているのだが

いまふうの現代文学と称した軽佻浮薄な流れ
英文学はそのふまじめな流れから一線を画すべき
　なのだ
高潔なる良識者によって
もちろんわたしはこれを
周囲から袋叩きにあうのも覚悟のうえで
言っているのだ
なにぶん　シェークスピアやミルトン　そして
ハウスマンのために
わたしは体を張っているからして
とにかくいうべきことは言わせてもらった
あいまいにお茶をにごすようでは
なにごとにもしめしがつきませんからな

＊ミルトン（一六〇八～七四）イギリスの詩人『失楽園』。
＊ハウスマン（一八五九～一九三六）イギリスの詩人・古典学者。

若い兵士の死

その詩はうたう
その村の若者たちはむだ死にさせられたと
勲章《くんしょう》が好きな
軍曹《ぐんそう》のせいで

でもその詩はしっくりこない
詩人よ　うたうなら
血は流れるままに
涙はあふれるまま
痛みはそのままに
鎖をまかれ足かせをされるままに
くんしょう　ぐんそう　ぐんじょういろ

そんな言葉あそびが必要かしら
ただ　からまわりするだけ

どうぞ　もう歌わないで
軍曹の愚かさなど　もういいわ
フランドルの戦地*に詩はいらない
詩人の怒りを駆り立てるどんな場所にも
こてさきの詩はいらない

＊　フランドルは世界大戦の激戦地で多く死者をだした地。当時戦争について政治色の強い詩を書いていたウィルフレッド・オーエンらのグループに対し、歴史の片側だけに拘泥することへの筆者の疑問があったと思われる。

雨のあとに雲が……

雨がふれば
わたしはおもいきり泣いて
恐怖をふりはらう
そして苦悩を消し去る
でもまたこのむしあつい空
過ぎ去った悲しみがすぐに
頭をもたげてくる

最初の雨はいつだったのか
花や葉っぱはどうだったのか
忘れてしまった
雲がふきげんにたれこめる
でもまだ雨には遠い

ひとは幸せ
傷ついたときだけ泣けばいい
わたしは
おもいきり泣いたあとも
悲しみがすぐにもどってくる

愛情

おかあさん　だいすきよ
どういったらいいかわからないくらいすき
娘は母親にうでまくらしてあまえる
ふたりの愛情がふたりを
あったかくする

たたずむ庭

ひっそりとたたずむ庭
花壇のあいだを小道がくねり
大理石の浴槽で
いたずらなキューピッドが矢をかまえる
キューピッドの足にはツタがからみ
勢いよく地面にのび
花のまわりでみつばちがせわしい羽音を響かせる
庭をおおう　けだるくものうい夏の空気は
しめやかな葬儀のにおい

空のたかみで太陽はまぶしく
芝生に明るい光をなげ
木かげには鈍い金色のじゅうたん

ふりそそぐ陽光はぺったりと黄色く
　雷の予感

この庭は呪われている
すこやかな太古の光はいじわるく
騒々しい現実にわたしを縛るのだ
ああ　わたしをふみつけてきた重苦しい日々
頭上をやかましくすぎてきた一刻一刻
わたしはここで人の三倍も生かされ
いつまでも死ねないでいる
過ぎた日々を数えても
忘れては　また数えなおし
ひっそりと時にたたずむ庭
わたしはここから逃げられない

病気の少年

ぼくは神の子羊じゃない
ぼくは病気のトラだ
闇をうろつき獲物に食らいつき
草原を這い　くさい息をし
息苦しい鼻先で涙はしょっぱい
尾っぽは悄然とまるまり
きれいなシマシマ模様もしどけなく
つやだった毛はみすぼらしく
ああ　まえはあれほど美しかったぼく
心臓　肺　筋肉　腎臓　動脈
すべてが気高くほこらしく聖堂のようだったぼく
神の創造物の名にふさわしかったぼく
いまやみすぼらしいやっかいもの

あなたのおにもつ
どうか神さま　お察しくださ い　トラの哀しみ
聞いてください　声にならないトラの呻き
あなたの能力はつやめいて
ぼくはひからび
あなたのお顔はかがやいて
ぼくはこれほどみじめです

＊ウイリアム・ブレイク（一七五七〜一八二八）Songs of Innocence & Experience に同じ題材の詩がある。

みなさん！（ある女学校長の朝礼）

みなさん！
わたくしは　女であるまえに
ひとりのにんげん
いつまでも女学生みたいに
ちゃらちゃらした先生　みっともないですね
女であることに甘えてはいけません
みなさんへの期待を裏切ることのないように
（と　ぶっていらっしゃる　でも　わたしなら）
みなさん！
チャンスをつかむためなら嘘をもつき
お金のためなら人をも裏切りましょう

秋

男は　麗しき未亡人に身の上話をして言った
すぐ結婚いたしましょう
ほとばしる情熱こそないですが
余生の話し相手になりましょう

さあ　遅すぎないうちに！

動物園

ライオンはオリのなかで
ルビー色のくやし涙を流す
なめてもなめても涙は鼻をぬらす
ほこりっぽいロンドンの街をぬらす

ぼうや　ライオンはきみがきらい
もうご機嫌とりもいらないよ
あいそつきたって
きみの弟ジムや乳母のほうがましだって

きみがライオンだったら
きっとそんな気持ちだね
ライオンがきみだったら
そう　わかるよね
ライオンが神さまから
りっぱな歯と爪をもらったのはね
こどもをたべるためよ
あらあらしくどうもうに
ぴょんぴょんはねまわる子羊をおそうためよ
おとなしい子羊にとびかかり
肉を食いつくすためよ

静かな夜を恐怖につつむためよ
骨をかみくだくガリガリという音とか
アンテロープとバッファローのうめき声とか
油断したハンターの「ウォーン」という声とかで
それは　銃を撃ちそんじて　助けもなく
死の恐怖におののいている人間の声だわ

ライオンはハアハアあえいでいる
きっとジャングルを思い出してるのよ
饐《す》えた臭いのジャングルに陽がかげると
キリンがよちよち歩きのこどもと
いっしょにやってくる
そんな水のみ場も探せなくなること
太陽はカッと熱くライオンをいきおいづかせ
まだ眠たげな獣の体臭をすいとる

でも動物園のライオンはほってておかれる
獣のまんま　一生　陽のあたらない小屋で
爪はまるく　歯はぬけおち
鼻腔をくすぐる獲物もない
だからその目は怒りで真っ赤
神からさずかった才能を
むざむざさびつかせるしかないんだもの

顔

知りすぎた顔がある
見るのもおぞましい顔
うぬぼれで　おしゃべりで
なかみのない顔
ひとの顔だけど
なかにはいっぴきのサルがひそんで

ゴンゴン鐘をならし大騒ぎする
そしてときどき　おおきく手足をなげだして
ひとの目の奥からじいっとようすをうかがい
おおまじめに嘘をつく
この浅ましい　うぬぼれ屋の
みじめったらしく　からっぽの顔
こんな顔　生まれてこないほうがよかった……

横になれば

ベッドに入ればぼくはずっと
　ベッドのなか
でも墓に入ればたぶん違うと
　ころでしょう

ピアノの巨匠

母の石膏像が
いつもわたしの守り神
どんな苦境にあっても
マンチェスター
イタリア
世界のどこをまわろうと
台座のうえから
絶頂期のわたしの活躍を見まもってくれる
これいじょうのものはない
これいじょうのものはない

葬送歌

友人の友人から　わたしは友情を知った
友人の友人から　わたしは愛を知った
友情や愛をさがし　長くわたしはさまよった
でもいまきっぱりいえる
名ばかりの友から友情を得ることもなく
また愛を得ることもない

暗い夜の闇にいさぎよく行こう
闇はそんなにこわくない　見知らぬ友人ほどには
あの世の闇はこわくない　この世の友人ほどには

わたしを愛して！

愛して　愛して　岩や木にわたしはさけぶ
すると　愛して　愛して　と岩と木は返してくる
からかい声でだけど
一度はひとに言ってみた　わたしを愛して！
だけどみんな逃げていった
蜘蛛の子をちらすように
友人に言ったら悲鳴をあげたわ
ああ　どうしてひとはみんな去っていくの
岩だけがそこにいて
わたしといっしょに叫びつづける
愛して　愛して　わたしを愛して！

岩のうえにウミヘビがいっぴき

まぶたはかたく閉じているけど
でも　とつぜんギロッと眼をあけて
おそろしい呪いをかけてきそうな気がするの
岩は永遠にしゃべりつづけ　おまえのさけび声は
　二度と届かなくなるだろう　って

野良犬

まちの犬はのどが渇けば
　水のみばに行く
しっぽふりふり　あいそ
　笑い
知恵では人に劣らない
どうしたら水がもらえる
　かをしっている
だけど野良犬は

人によりつかず　心もゆるさず
しっぽもふらず　用心深い目をぱちぱちさせる
のどが渇けば川に行き
どろまみれで水を飲む
そして夜は暗い森で横になる

家庭教師

愛らしい良家のお嬢さまの
家庭教師はたくみ
　にだまされる
ながながと
　おしゃべり
毛糸巻きやら
　散歩やら

女優

こころから楽しんできたとはいえないけど
収入はよかったわ
つくりものの舞台でわたしは泣いている
ほんとうの自然にあこがれて
いまも舞台でかせいではいるけれど
わたしのこころは詩人
外見より気高くうつくしい
詩人のこころをもっている

悪魔のような女

ぼくの愛すべき妻の
神経質な顔には
ゾッとするような笑みがある
そしてその顔で
のべつまくなく　ぼくに
うなずき　めくばせし
かたときも
ほっておいてくれない
きみは　まるで悪魔

おしゃべりで
ぺちゃくちゃ　ぺちゃくちゃ
しゃべりまくる
虚栄心のかたまり
凡庸きわまりなく
きみは　無慈悲な悪魔

忘却

はかりしれない孤独がある
無頓着な都市のなかに
無防備な田舎のなかに
ああ　たまらない　このさびしさ　どこにいても
欲しいのは　人とのつながり　ぼくの居場所
ああ　でももう　ぼくは葬り去られた
忘却のかなたに！

人間　ぼくは人間

ぼくは憎悪のかたまり
じっとしてはいられなかった
かたときも　じっとしていられなかった
憑かれたように
狂気の森にかけこんで
生まれたばかりの
赤ん坊に手をかけた
喉にかみついて　舌なめずりし
そんなぼくはオオカミ
まさにオオカミ

それから　何年も何年も
太古の林を
ぼくは凶暴に走りまわった
ときどき
凍りつくような恐怖にとらわれ
いっときもやすまらず
でもいまやっと
ぼくの罪深き心の草原に

春がおとずれた
この哀れな心から
血がしたたり落ち
ぼくは知ったのだ
深い悔恨と自責を
原罪という呪いで
ぼくは病にたおれ
痛みに苦しみながら
最期の最期に　あなたにむかって
声をあげた
すると　天使の顔がぼんやり見え
天使の羽のなかで
ぼくの頭は崩壊していった
そしてぼくは解き放たれたのです

黄泉の国へと泳ぎながら
ぼくは歓喜にうちふるえていました

人間
そう　ぼくは人間！

白い考え

わたし　黙っていたいの　おかあさん
おかあさんこそ話して
わたしに話させたい気持ちはわかるけど
わたしの考えなんてちっぽけ
だからしばらくしまっておくわ
もうすこしおとなになって
苔むした岩の下で
しろーく光る虫みたいになるまで

夜

人とのつきあいはそれなりにやってきた
でも　なんてこと　このみじめな夜
頭をよぎるのは嫌いなひとのことばかり

幸せって

幸せってはにかみや
なかなかうちとけない
悲しみってやかましや
しゃべりだしたら止まらない
幸せってイギリス人
けっしてでしゃばらない
悲しみっていじめっこ
ひとのことなんか気にしない

友情

友情って文句なしにすてき
友を訪ねるときの
躍るような気持ち！
友に会い　野原を歩き
あっというまに
ときがたってしまうの

ロトの妻

――豊かな石油が埋蔵されたこの地では、おそらくロトの妻がアスファルトの柱になったのだろう。塩の柱でなく――（旧約聖書でアブラハムの甥ロトはソドムの滅亡から逃れたが、妻は後ろを振り返り塩の柱となった）。

アスファルトの川が流れる
不毛の谷間にわたしはあこがれる
だってここには　あちこちに
わたしの足跡がついていて
どんなにニコニコしていても
行くさきざきで人を不快にしてしまうから
そう　ここでは
たとえまともな結婚をしても
たとえ心はみちたりていても
さいごは必ず不幸になってしまうから
アスファルトの川に私を連れてって
そしてわたしを石に変えてほしいの
そしたら木いっぽんもわたしの溜息に耳をかたむけず
風もわたしの嘆きを運ばないでしょう

おいでスズメ　わたしのハートに

スズメが枝にとまる
枝はグイッとしなる
三月　若い枝はたおやか
はちきれんばかりに元気なスズメが重たくて
ゆらーり揺れている

ねえ　かわいいスズメ
わたしのハートに止まって
あんたがいないと
わたしのハートは
たかーく舞い上がってしまうから

よろこび

わたしのハートはやさしい雨につつまれていた
こんなふうにいつまでも
くるくるくるくる　からだをくねらせたものだった
戦争とか死とか　気にもしなかった
ひとやすみするのがほんとにうれしかった

失恋

きみを愛してる　かれは言った
かれがくれた赤いバラ
十二本の真紅のバラは
わたしの血のように燃えていた

かれがくれた赤いバラ
バラはしおれ　色あせた
十二本の真紅のバラ
わたしの血とおなじ赤いバラ

バラは色あせた
でもわたしの胸では
わたしのハートの血が

あのバラよりもっと濃い色で　どくどく流れる
きみを愛してる　かれは言った
かれがくれた赤いバラ
十二本の真紅のバラは
わたしの血のように燃えていた

詩人の沈黙

外国に学ぶものはもうなにもない
どこも見てのとおり
詩人の特権　それは
戦争について口をつぐむこと

夜の声明（ナチス宣伝相からイギリスへ）

「イギリスよ　退散せよ
きみらがすべきことはなにもない
まぬけな生きのこり　きみらはのろすぎる

イギリスよ　長居は無用
くちずさむ歌はかつての栄光
もはや過去のもの

きみらはぎょうぎょうしく
議会ではいまだに時代おくれの装いだ
だが困ったことにきみらはまだしたたかだ」

いかにも　ゲッベルス宣伝相*
おっしゃるとおり
あなたはこれからゆったり物見遊山
もはやイギリスの出る幕はない

しかし第三帝国の野望にもえるドイツよ
あなたがたに平和のハトは飛ばない
必要なのは完全な敗北

そしてイギリスよ
イギリスはいずれ戦前の自信をとりもどすだろう
勝利を信じよう　落ち込むことなく
ひょっとしてアメリカも考えが　いやまさか……

しかし巷でひとは言う
かつての大英帝国
かつての偉大なるイギリスよ
それはとんだ思いちがい
かつての栄光などもう捨てるがいい
そして歴史のページから消えさるがいい

＊　ゲッベルスはナチス・ドイツの政治家でナチの宣伝相、終戦直前に自殺した。政治色の強い詩に批判的であった作者が反戦的なコメントを綴った希有な作品。

クリスマス

おめでとう!
その誕生にひとびとはわきたちます
高貴な子　でも難儀な子
（その子こそかれらを狂気にはしらせる）
王さまは不安でしょうがない

まわりをみまわし家来にいいつける
重い石をひとつもってこい
紫いろのマントを
そしてムチと鉄の棒をもってこい

黄金とやくもつをもってこい
そして高貴な子らをぜんぶさらってこい
そうすれば枕を高くして眠れよう

家来たち国じゅうの幼児をさらい
高くかざしてさけぶ　ばんざい！
王は椅子で見物　拍手かっさい

高貴で罪のない赤ん坊らは
邪悪な王のいいつけで
重い石にたたきつけられ
ぐしゃぐしゃにされた

しかし高貴で難儀な子だけは
ゆりかごのなか　ひとり難をのがれた
高貴そして難儀な子
かれらを狂気に走らせるために生まれた子

ローマへの道

キリスト者　ローマ闘技場でライオンに話しかける

ライオンよ
変なふうに化けたものだ
楽園への道は険しい
さあ　わたしを食べるがいい
この肉が通行料
だが魂はわたさない

トルケマダ

ねえトルケマダさま　わたしのベッポは
キリストさまのことを知ってるかしら？

＊トルケマダは中世宗教裁判の審問官。異端者弾圧で悪名高い。少女は無邪気にも自分のペットが天国にいけるかどうか尋ねる。

お城

愛する夫エグレ
　モント
昼間は姿はみせ
　ない
会うのは夜　ベッドのなかだけ
ふたごのこどももさずかった
トミーと　ぷくぷくローリー
おもいだすわ　そこは廃墟のお城
ナデシコとトウダイ草におおわれたゆうれい屋敷
うちよせる波が城壁をぴちゃぴちゃあらって
なつかしいわ　愛しいわたしのお城
息子が生まれた塔の部屋

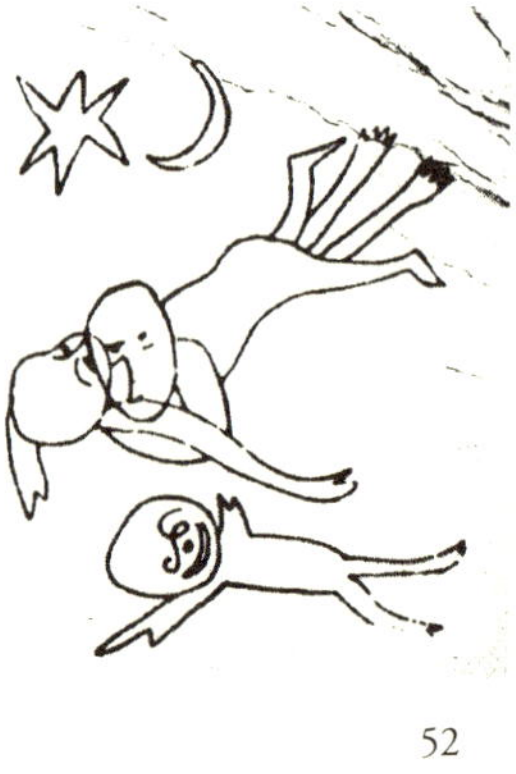

おとぎのお城　やわらかい　日差しのなかの
壁のしたには　うとうとひきがえる
たくましくツタが根をはっている
こどもたちは夫をしらない　顔もしらない
かれは毎夜わたしの腕のなか　朝まで

おもいだすわ　愛しい廃墟のお城
むすこの生まれた　愛すべき塔の部屋

＊　キューピッドとサイキの夜の恋人たちのような愛。
作者があこがれた神話の世界。

ハロルドの崖

ハロルド　眠ってるの

ここだわ　あなたが跳んだのは
いちかばちか　危険を承知で
勇敢だったわ
空につんと張りだした崖から崖へ
岩づたいに跳んだわね
そして海の泡にのまれていった
高いところをあんなに怖がってたのに
いったい何があったの
やむにやまれぬものがあったの
命を賭さなきゃならないような
あなたの決意をどうこういえないわ
そうでしょ
あれからみんなこう呼ぶの
ハロルドの崖って
そう　あなたりっぱだったわ

母の愛

母の愛が美しいなんてうそ
プライドとか見栄とかすべてじぶんのため

みて　その子を
この子のためこの子のためと
さんざん甘やかされて
その目はぎらぎら燃えている
欲望に燃えている
指はこれでもかこれでもかと
なにかをつかもうと貪欲
わがままほうだい
大きくなればもう手がつけられない

子のために友人はないがしろ
かれらの足も遠のいて
よのなかすべてが憎くなる

あわれだこと　家族にとっても友人にとっても
あきもせずくりかえされる悲劇
すべては母の愛からはじまる愛の報い

ひとは精神

精神は肉体にまさる
肉体はそれを知っている

でも凪がくれば　ひとを守るのは肉体
精神がなぜ鼻にシワをよせたりするのかしら

きゅうりのように涼しい顔で

メアリー
きゅうりのように涼しい顔で
池の水のようにしとやかで
教会の鐘のようにおだやかで
それが　願かけ井戸に行ったとき
なかから妖精がとびだして
呪いをかけられた　頭からつまさき朝から晩まで

それからメアリーようすがへん
ぶっちょうづらでなまいきで
お高くとまってごうまんで
性格どんどんわるくなる
縁談もとおざかる

毎朝でかけるけれど
いったいどこにいくの
すっかりやつれはて
こそこそおかしな行動
メアリー　もどっておくれ
彼女を愛した男は泣いた
かれは粉引きの息子
すると　とたんにメアリー駆けだした

そして彼女は姿を消した
もう二度と姿をあらわさない

銃撃事件

人はパンのみに生くるものにあらず
パンがなくて死ぬこともない
食住たりても人は死ぬ
幸せな結婚をしても人は死ぬ
毎日ごちそうを食べようが　着飾ろうが
しょせんうわべの豊かさ
心のなかの飢え　それが人をむしばむ
あのイースト大佐　気高く善良　なのに心は闇[*1]
歩きながら悲嘆にくれる
ウッウウッウッ　涙　ため息　また涙
わしは自殺しそこなった男
若いとき悪魔に足をすくわれ
宙ぶらりんのまま　ブランブランブラン

なにかを愛そうとしても苦しみばかり
報われない愛ののろいをかけられた
いまかれはインド軍大佐
銃をかかえ　トラの足跡を追跡し
忠実なる部下ハーミとともにさまよい歩く
なあハーミ　わしは好きだ　太陽が
ジャングルのくねくね道が
とりわけ水たまりが
獣たちがそうっとのぞきこんでる水たまりがな
なぜ大物を追うかって?
やつらの思惑には曇りがないからな
昔イギリスで犬をかってた
バンス　いい奴だった　いまあいつが見えてくる
思い出のもやのなか　だんだんはっきりと
バンスが走り出す　ウサギだ　バンス　行け!
獣の眼っていうのは汚れなく表情もない
人などつゆも意に介さぬ眼

ああ　それが実にここちよい無
襲いかかるその一瞬まで一瞥もくれない
だが飼いならされた動物には不安がみえる
何かを求めているようで　その何かがわからず
何かを嫌がってるようで　その何かがわからない
バンスがわしを見る　その従順　くもりない衷心
それがたまらなくわしを苦しめる
大佐はふと立ち止まりまゆをなでる
こりゃちょっとキザだったか
だが英語を解さぬハーミには届かない
ああ　つらい　つらい　なぜこんなにつらいのか
人も動物も　この世のなにもかも
愛さないでいるほうがましなのか
大佐はぼんやりうつむき　はっと我にかえり
胸の痛みをかき消し　銃をかまえ標的をとらえた
トラがしのびよる　死にむかって誇らしく
いまだ！　バン！

弾はトラの歯から胴体を貫通した
じつに嫌な夢だった　バンスをむちうっていた
傷だらけになって　ぐったりするまでぶった
やつは血まみれでわしの足もとに崩れ
わしは逃げ出した　泣きながら
ああ　死んだ　あいつは死んでしまった！
やがて朝がきて　バンスが現れ
まるでなにもなかったような顔でわしを見るのだ
バンス　おまえ　いったいどうしたっていうんだ
ああ　おまえは死んで　天使になったのか
人は愛するものをこうもやすやすと殺してしまうのか[*2]
なんてことだ　愛するものはみんな記憶のなかだ
そこではみんな安全だからな　そうだろう？
大佐はくるりと向きをかえハーミを見すえた
ただならぬ気配にハーミはポトリと銃をおとし
一目散で走り去った

やがて戻ってくると　大佐は虫の息で倒れていた
あふれる涙で頬をぬらしつぶやくのだった
ああ　流れでるこの鮮やかな血よ
ジャングルの緑がこの血をすっていく
ああ　喉の渇きが消えていく
わしはなぜこの時をのばしのばしにしてきたのか
屍が土埃と一体となっていくこのときを……
息絶えた大佐の顔に
ハーミの涙が滴るインクのようにハラハラ落ちた
彼は大佐の胸に両手を重ね　その場を去った
やがて　大佐の墓のうえでは
ちからいっぱい飛んだり跳ねたり
毎日悪魔払いの儀式をするハーミの姿があった

＊1　イーストという名はイースト菌がパンを膨らませるように自殺に走らせる危険を孕み、ハーミ（harm me：私を傷つける）は大佐から危機を感じることを匂わせる。大英帝国から遠い植民地インドは逃避の場、大佐も英国での個人的悪霊から逃れてきた。

＊2　愛犬を痛めつけた大佐の嘆き「人は愛するものをこうもやすやすと殺してしまう」はオスカー・ワイルド（一八五四～一九〇〇）の詩 The Ballad of Reading Goal の「人は愛するものを殺す」からの引用。大佐は同じ過ちをくり返さないために自殺し、死によって魂を救われ、それは愛する主人のために悪魔払いをするハーミの健気さで強調されている。

地獄の大使

つばひろ帽子の大使が
白馬で地獄をつっぱしる
善悪　どちらともとれる顔
目の前であいた扉は後ろで閉まる
悪名たかき謎の名手
その名は市場をとどろかす

矛と腰帯と剣と笏
あらゆる道具をぬすんでいった
どろぼうたちはほめたたえる
地獄で大使はきままに馬にのり
ときどき空へ舞い上がり
静かに飛んでいる

どうかミュルエル連れだして

どうかミュルエル連れだして
あんなにふさぎこんでいる
どうかミュルエル連れだして
ひとりぼっちでさびしそう

みんな　どこなの　どこなの
ダンスホールを探しまわり
ミュルエル疲れはて寂しく帰る

みんないってしまった
ミュルエルひとりおきざりに
いちども行ったことのないところへ
手の届かないところに
森に入り川をわたり
砂漠に足跡をつけていった
ひとりの信者といっしょに

ああ　あなたたち　美しいあなたたち
わたしはいっしょについてはいけないの
ミュルエルひとりひざまずき泣いている
アーメン

どうかミュルエル連れだして
あなたの名がたとえ死であろうと

彼女をダンスに連れ出せば
不吉な棺のうえだってノーとはいわないでしょう

弱き修道僧

修道僧は私室にこもり　ペンをとり
「神と人間について」と書いた

ひとつの確信が彼を動かした
それはカトリックの教義に反するところがあった
胸騒ぎをおぼえた

かれは書いた　書き続けた
九十歳でやっとペンをおくと
金の留金でかたく本をしばり
羊小屋のしたに埋めた

勤勉な僧の　心は満ちたりていた
きっと神が土の中からこの本を救い出して下さる
神はみておいでだ　と

雪が降り雨が降り
本は朽ちていった
いまとなっては
かれがなにを書いたか知る由もなく
あわれ修道僧
その弱さゆえに罪深き

お庭で

ブランコおさるさん
ブーラン　ブーラン

ブーラン　ブーラン
真夜中だっていうのにまだこいでるの
まあまあ　ブランコおさるさん　たのしそう
でもやっぱり　とびはねてるあんたがいいわ

暗い森に　あなたと

夜　暗い森に馬で駆けた　あなたと
とつぜんまばゆく天使があらわれて言った
わたしと一緒に来なさい　さもなくば帰りなさい
夜暗い森にひとりでいてはいけない

青ざめるあなた　あなたは常識のひと
帰ろう　帰ったほうがいい
そう言うあなた　やっぱり理性のひと
わたしは暗い森に天使についていきたかった

あなたは怒ったように駆けていった
我にかえってあとを追うと　そこは麦畑
あなたはどこ？　天使はどこ？
風がふいて麦をおし倒した
麦が言った
暗い森にひとりで行ってはだめよ

すると風は勢いを増し　黒雲がたちこめた
そしてわたしは暗い森に入っていった

木々間に光がちらちら　天使はいない
その青白い光に窓ひとつない高い塔がみえた
意地悪な雨がふりつけ　塔の声がとどろいた
夜　暗い森にひとりで行くな

塔の壁は冷たく厳つく　たちはだかって威嚇する

風がため息をついて言った
ああ　なんて悲しい　なんて非情な道だろう
こんな暗い森にひとりで行ってはいけないよ
ああ　わたし　あなたをほんとに愛したの？
まるでうそみたい
愛しいおかあさんは？　もう遠くのひと
優しいお姉さんは？　気高い叔母さんは？
ああ　なにもかもなくしてしまった
でも　それでもわたしは　行くの
暗い森に　ひとりで

魔法使いのネコ

ネコちゃんポーンポーン放りあげ
重い重い　かんむり半分あるかしら
あらあら　たいへん　ちょっぴりおかんむり
ネコちゃんムギュッとつまみあげ
だあれもいないとき　いきなり
あらあらびっくり　つまみあげフライちゃん
ネコちゃんいらいらさせてみる
跳んだりはねたり　プリプリしたり
あらあら　こうまんちき　プライド公爵
かんむりちゃん　フライちゃん　プライド公爵
　さあみんなおすわり
あなたたちの墓のうえ

毒をもられたポーリーン

クスリでポーリーンうつろになった
ある朝食卓でポーリーン
最後の力をふりしぼり
アジアンタムの葉の方を指さした
　ポーリーン　あなたの探してるのはお塩？
ドルシーが夫にめくばせしながらきいた
オッホン　オッホン　ポーリーン　どうしたん
だ
夫もとぼけて答えた
いったいだれが予想したかしら
このごりっぱな夫婦がしでかしたこと

アワボグイズドゥード（アワドッグ《ゴッド》イズデッド）*

わんわんかみかみないないないない
オーマイゴッド
なんだかおおさわぎ
どういうことって聞いたら
こどもたち　ちょっと気色ばんだ
どういういみ？
ねえ　おしえて　きみたち
おもしろいからさ
なんだっていいじゃないか
どの子の目にも
挑むような炎が燃えている

しつこくしたら
十字架にでもかけられそう

ねえきみたち
気になるわ　どういうこと
そのものずばりさ
こどもたち　そういって下を向いた
わんわん死んだ　かみさま死んだ
オーマイゴッド……

こどもたちはまた顔をあげ
まるでわたしなんか忘れて
こんどはなかまでいがみ合い
おまえのかみさま死ね　おまえのほうこそ死ね
やけになって　ああだこうだ

ああ　もううっちゃっておこう

へんくつで無知な子たち　はなしにならない
波がよせてくる
波はあの子たちをのみこんでしまうわ
みてなさい

＊　Our Bog is Dood　はナンセンスな赤ちゃん言葉、Our God is Dead とも Our Dog is Dead とも解釈されている。無知からくる宗教的偏見をよんだ。

不幸な女

なんじ不幸者よ
なんじのみじめさ
胸につきささる
こつこつこつこつ働いて
とりたてて家事の腕もない

詩の学校へ

詩人はみんな詩の学校に入れましょう
そして「おばかさん賞」を与えましょう
みんなが未熟で若いこと
教えに忠実　詩が下手になることうけあい
念のため　ここに詩のミューズはおりません
とっくに姿をくらましました
かしこいミューズは学校がキライ
型にはめられるのが大キライ

わたしのミューズ

わたしの詩のミューズは
かわいそうなくらいみじめであわれ
ああ　生まれてこなきゃよかったわ　と
さむそうに腰をおろす
口にする言葉はなにひとつ書かれない

ミューズはなぜ不幸なときにしかしゃべらないの
だろう
いや　そうじゃない
わたしが不幸なときにしか耳を傾けないのだ
幸せなとき　わたしは　おおはしゃぎして
書くことなんかどうだっていいと思ってしまう
ミューズにとっては
たまらないだろう

アメリカの出版社

次の本を書けとおっしゃるの？
一冊書いたばかりですわ
とても気に入った、それが理由？
なら　もう一度それを読んでくだされば

（われ思う　ゆえに）われあり*

フツーじゃない　フツーじゃない
フツーじゃない　ぼくは
青年は川岸から魚をながめ　ため息をついた
ヤナギで風がささやいた　われあり　われあり
青年はまわりをみわたした　アリ　モグラ　空

そしてあきらめたように道を急いだ
われ思う　ゆえに　ゆえに　と叫びながら

道すがら出会った司祭が言った
善を尊び善を行えば
あなたは救われるでしょう

わかっています　わかっています　青年は言った
神のおみちびきのためなにをすべきか
でもぼくの心はもう動かせない
この銃から！

彼は頭に銃口をむけ　引き金をひいた
こっけいなくらいに泣き叫んで
ゆえに　われなし！

＊　青年はデカルトの「我思う　ゆえに我あり」を否定して死をえらんだ。

はじまり

この世のはじまりにわたしは思いをはせる
いまひとたび
この世のはじまりにわたしは戻りたい
地球ができ
植物が育ち
やがて歴史というものがうまれ
恐竜たちが世界を歩き出した
プテロダクチュル
ブロントサウルス
マンモス　そして大トカゲ
ああ　そこで進化がとまっていたら！
ああ　そこで人間が出てこなかったら！
地球のマグマが爆発し
海水は煮えたぎり
沼が限りなくひろがり
地が割れ　山が突き上げ
ああ　そこで進化がとまっていたら！
ああ　そこで人間が生まれなかったら！
地球ができたばかりの原始のころは
善もなく　犯罪もなく
権力もなく　独裁もなく
知識もなく
人間的なものも
非人間的なものもなかったろうに

みくださないで

人をみくださないで　しからないで
人をそんなに軽くみるあなたはいったいだれ

あなたも同じにんげん
あなたにも邪悪な心とか
　恐怖とか
痛みがなくはない？
おびえたり不安になった
　りしない？
じぶんも同じだって思わ
　ない？
野心に胸が苦しくなったり
狂おしいほど愛されたいと思ったり
美しいものから感じるいろいろな思いに
心がチクリとしたりしない？
あなたは奥さんを愛し　お子さんがかわいいでし
　ょ
だったら　あいつはダメなやつだと
存在を否定するようなことといわないで
あなたの判断だってまちがうことがある

あなた自身が失敗したときの気持ちを忘れないで
ひとりひとりを優しくくみて
救いようのない馬鹿だとか
安易にひとをみくだすあなたこそ
唾棄すべきだわ

プリンセス・アネモネ

ねじれた木の根もと
一輪の青白いアネモネ
不安という言葉を文字
　にして
喉にまきつけたプリン
　セス
暗い森に逃げこんだま
　ま　帰らず

二度と笑わなかった
ああ　不安よ　あなただけがみちづれ
人はうわさした
王の莫大な遺産に途方にくれたと
いいえ　彼女はいった
わたしの宝は水にうつるわたしの美しさ
手をさせば消えてしまう
だからいてもたってもいられないのです
金の首ひもはまぼろしか
不安と結婚したプリンセス・アネモネ

ふさぎの虫

ゆううつ　ゆううつ　かのじょはふさぎの虫
プライベートは職場のそとだけ
毎日仮面をかぶってる

同僚からは不信感
どうして帰りの時間ばかり気にするの？

ジョーン　孤独のタイピスト
ひとりぽっちのランチタイム
楽しみはナショナル・ギャラリー
たったひとりで絵を見にいく

時計仕掛けの仕事　さよなら
おしゃべり　おつきあい　さよなら
絵のまえにかのじょはくぎづけ

絵に食い入る目のなかで
ターナーの絵の具が燃えている
それをぜんぶひとりじめ
キャンバスの海はまるでいきりたつ動物
真にせまる沈没船の最期だわ！

かのじょは息をのむ
光と影のあらあらしい海よ
自然の獰猛さそのままによみがえる
画家ターナーによって
かのじょは我を忘れる

そしてゆっくりと次の絵へ
透きとおる陽光
荘重な光線が水しぶきに映え
まばゆい幻想の海岸がひろがる
絵はささやく
こっちにおいで　こっちにおいで
たったひとりで入っておいで

職場の同僚　友人
かれらのいったいだれがとめられる?
おいで　おいで　たったひとりで

その誘いからだれがジョーンをひきとめる

つぎのしゅんかん
絵画のなかの水しぶきがサアッとひろがって
あっというまに彼女をのみこんだ
だれも気づかなかった
ジョーン　いまのいまそこにいたのに
(はやくだれかに伝えなきゃ　はやく)
消えた　消えた　あとかたなく

ウーン
絵の中でジョーンはおもいきり背のびした
陽はかたむきロンドンの街も消えた
絵のなかの海岸を
ジョーンはあてどなく歩いていく
至福の光のなか　たったひとりで歩いていく

ジョーン　ふさぎの虫とひとは言う
だからこうなったとひとは言う
でもわたしはたまらなく惹かれる
太陽のもと永遠をさまようジョーンに
祝福あれ　ターナー
わたしもジョーンになりたいの

手を振ってるんじゃない　溺れてるんだ

誰にも聞こえなかった　あなたの声は
でもまだ死にきれずうめいてる
ぼくはきみらが思ったよりずっと遠くにいたんだ
手を振ってたんじゃない　溺れてたんだ

かわいそうに　冗談好きだったあなた
悪ふざけばかりで　あげくに死んじゃった
水が冷たすぎ　それが命取り
みんなそう言ったけど

ああ　ちがう　ちがう　ちがう
いつだって水は冷たいわ
（あなたはまだ浮かばれずもがいてる）
ぼくは一生きみらの先を来てしまったんだ
手を振ってたんじゃない　溺れてたんだ

イギリス人来訪者

雄大なスコットランドの
山あいの墓地
アラン・ブレアの墓石に
女はひざまずいた
あなた　なぜ死んだの
こんな遠くで　こんなに冷たくなって
街でいっしょに暮らしたかったのに

ああ　スコットランドの山はなんてきれいなの
マンモスみたいに優しい山肌
あそこを歩いてみたいわ　明るいうちに
ひとはうさんくさげにながめていた

どうしてあんな女と
いったいなにしに来たんだ
アランのことなんか気にもしてないのに

女は急に身をひるがえし
墓地をかけぬけ
かるがると山にかけのぼった
グルグル飛んでいるのは　鷲かしら
いえ　グルグルじゃない　ジグザグね
鷲にしては小さすぎる
きっとノスリね

それにしても意地悪で冷たいひとたち
来るのが遅い
アランがわたしのせいで死んだといわんばかり
ずいぶん嫌われたものね

女は山の斜面をかけあがり
頂上でぐるぐる踊っていた
ひとはいいあった
あの様子じゃアランのことなんかすぐ忘れるさ
それがイギリスの女だ
すると　ひとりの天使がいった
いいえ　彼女は彼女なりにアランのことを思いつ
　づけるでしょう
あなたがたが思うほど薄情じゃない
ただ　スコットランドとは違う土壌で育ったまで

かのじょはなにを書いてるの たぶんそれはいいことよ

かのじょはなにを書いてるの
小説かしら　手紙かしら
でも　たぶんそれはいいことよ

年下の女の子が笑って言う
わたし　恋してるの
年下の女の子がきむずかしげに言う
まだダメ　それはもっとあとよ
年下の子はおちゃめに言う
どうして　ぐずぐずしてたらおもしろくない
時間のむだよ
年下の子はいかにも思案顔

さあ　書いて　書いて
書けばなにかわかるわ
そう　ふたりともおばかさんじゃないもの

詩女神《ミューズ》の鐘

ジャーナリズムに魂を売った詩人はミューズの
怒りをかい、老人に姿をかえたミューズの喉を
ナイフでかき切った

鐘楼の鐘が
不吉な音色をひびかせている
コウモリがびっしり
すきまがないほどとびかう
老人は沈んでいる
でもミューズらしい思慮深さがみてとれる

帽子はなんだか鐘楼のとんがりみたいで
こっけいだけれど

どうしてもこれだけは言っておきたい
察しはついているだろうが……
老人はわたしの手をとって言った
よけいなおせっかいだった
死しかない　わたしは思った

ブーン　ブーン
コウモリのとびかう羽音が
なにかを懇願しているみたいだ
気のせいだろうか
呪文のようなものが感じられる……
でも　もうひきかえせない
わたしは老人の喉に手をかけ
ナイフをサッときりつけた

でもあれから　わたしの脳裏では
息苦しさから逃れようとうめくコウモリの羽色が
ヴォーン　ヴォーン　ヴォーンと
水中から聞こえる鐘の音のように
幽玄に響いて
鳴りやまないのだ

泉の女

―ルノアール「泉」より―

―かれは「泉の女」に首ったけよ
救いだすには　どうしたらいいかしら―
午後の陽がさす居間に
フランスのご婦人たちの笑い声
彼女たちの白い顔はバルコニーの影をうけて
なんだかしかめっつら
部屋のかたすみにイギリス人のジョーンがひとり
フランス語の会話に入っていけないでいる
―かれったら「泉の女」にくびったけ　ですって？
どうしたらいいかしら―
さあ　いい口実ができたわ
ここからぬけだすチャンスよ
とジョーンは席をたった
階段をかけおり　濡れた芝生のうえを走りだし
息せききって原っぱを駆けた
頭上には暑い太陽がてりつける
泉をみつけられるよう祈りながら
上り坂をどんどん走った
小さな木立をぬけるとき
枝にひっかかれ脚から血が流れ
森の小鳥たちからは大騒ぎされる
ガーガー　ギャーギャー　ピーピー

さらに行くと
細い細い流れのせせらぎがあり
ピシャ　パシャッと音がして
あった　泉があった
深い苔の道に立って　みると
土手に白い婦人が横たわっている
肉付きのいいお腹　ふくよかな胸　締まったウエ
　スト
長い脚　美しい女性が草の縞もようの影をつけ
裸体で横たわっている　にっこりと笑い
木々間から差す木漏れ日が
豊満な肉体を賛美している
こんなうっそうとした緑のなかの
これほどに神々しいばかりの女性の肉体に
ジョーンは出会ったことがなかった
泉の女にくびったけ　ですって?
こんなこと?

これがフランス人の洗練された会話で語られるこ
　となの?
どうでもいいことじゃない
ジョーンは口をすべらせた
すると　その婦人は優雅に聞いてきた
家に帰りたいのですか?
いいえ　ジョーンは答えた
わたし　ずっとここに住みますわ
いいでしょう　婦人は言った　あなたもわたしの
　虜ですね
ジョーンは婦人の美しさに目を奪われた
彼女はしかし誘惑に負けたのではない

＊　文化的なもの洗練されたものの象徴としてのフランス人の会話を抜け出し、おとぎの世界、魔法の世界への旅をするジョーン。そこに留まる選択をした彼女の選択に作者の思いがこめられる。

魔法のぼうし

ママは言った
この帽子をかぶったらいいひとがみつかるって
そしたらどう　わたし　いまどこだと思う？
ひとっこひとりいない島よ
ママには見えないでしょうけど
信じられないことが起きたわ
この帽子　すごい力でわたしを持ちあげたの
かぶったとたんピンときたわ
体がふわっと浮いたの　白鳥みたいに
そして飛んだ　一晩　一昼夜
帽子のなかで白鳥は美しくはばたいて
わたしと一体になった
さいしょ海は暗くやがて青く

わたしたちは力強くはばたいて飛びつづけた
夜から朝へ朝から夜へ　太陽から月へと飛んでここに降り立った
妙な島よ　いつまでも夜明けのまんまで
植物が波うちぎわから海にもひろがって
ここで幸せかって？　ええ　そりゃあ
パパもママも婚約者もいないもの
ひとつ心配は　帽子をぬいだら夢だったってこと
だからこの夜明けの島で
いつもわたしは帽子をかぶってる
家に逆戻り？　めっそうもないわ

そうっと　そうっと

いつまでも忘れない
あのときのきみのきれいな花
きみはきれいなキモノをゆったりまとい*
カウチに
トラみたいにうずくまって　言ったね
もう　あなたを愛してないの

あのとき　ぼくはいったいどうしたんだろう
どうしても思い出せない
でも今だったら　なにを言われたってへいきだ
絶望とか　怒りとか　悲しみとか
なにもかもきれいにふき飛んだ
ぼくは今　そうっと歩いてる
しのびあしで
そうっと　そうっと

＊　一九三〇年代頃キモノという言葉はゆったり着るものとして使われた。

おとぎばなし

ある日わたしは森にでかけ　道にまよった
あたりはまっくら
小人がやってくるのも見えなかった
小人はいった　歌をうたったらすぐ出られますよ
でもそのまえにあなたの手をつよく握らせなさい
そうしないと森に恐い目にあいますよ
わたしは歌い　ほどなく森からでられた

でも　あれから家には
知った人がだあれもいないのだ

エミリーのすてきな手紙

メイベルは先週結婚しました
トムだけがはやばやと帰ったわ
医者のトムにはアーサーの咳ががまんできなかったの
わたしもイースターからずっと良くないのよ

きょうは下でこの手紙を書いています
二階ではアーサーがあるきまわっている
あいかわらずよ
広い家でよかったわ
寝室が七つと　はなれ　じゅうぶんよね

運転手夫婦にフラットをかすこともできるし

きのう新しい牧師がたずねて来たの
みんな歓迎してるわ
でもわたしは風邪をうつされた
紳士じゃないわね

ええ　ええ　モリス　よく覚えてるわ
あんな歳のはなれたひとと結婚ですって？
ものずきな娘もいたものね

メイが引っ越したの知ってて？
エドワードが死んで　淋しくてね
ガンだったわ

いいえ　モードのことなんか知るものですか
名前もききたくない

あのひと　とにかく嫌なひと
家政婦にもひまあげたの
ほっとしたわ
ここトンブリッジ*じゃお手当てが高くて
そちらはどう？　たまにはお便りちょうだい
お嬢さんのフィービーとローズはどう？
ほんとにいい子たち　あなた幸せものだわ

＊　トンブリッジはロンドン郊外の高級住宅地。利己的で妬み深くスノビッシュな上流階級の婦人のスケッチ。

若くして死を選んだビーナス

すねまで海に入ると
神々が近づいてきた
暑い日だった
海がわたしの脚を洗いキス
神々もかわりばんこのキス
それは友情のキス
みんなわたしのくちびるにふれ
わたしを抱き上げまた海におろし
去っていった

それは友情のしるし

それから小舟をひいた神がやってきて
わたしをボートにのせ
膝にのせキスをした
ああ　しあわせなひととき
ずっとかれの腕のなか
でもこれは友情じゃない

海風がケシの香りをはこんできた
かれの頭に　かれの手に　ケシの花
そしてかれのくちびるはケシの味
ふしぎな麻薬の味

眠りの精か　死神か
眠りの精か　死神か
かれがわたしにキスをする

これは友情じゃない
じゃ　なんのキス
だれかれかまわずキスはしないでしょ?
もちろんしないさ
これはね　おかえりのキスさ

居眠り

ティズダル　かわいいこ
台所の暖炉のまえ
古いマットで　ウトウト
外は暗い夜

太りかえったティズダル
まえあし胸のしたにして
ゆめでも見てるの　ひげピクピク

おまえはまどろみのなか

暖炉のうえの時計　音がへんよ
ティク　トク　ティック　トック
どうしたのかしら　この時計

そとではフクロウが狩をする
ヒー　ヒー　ヒー　ヒー
オールドパークで狩をする
雪のつもった木から
いったい何が見つかるの
寒すぎやしない？

暖炉の火がきゅうに熱くなり
ティズダル　のっそり場所をかえた
ねこって　わけもなく　たまらなく可愛いわ

古木の枝がピンピンと窓ガラスをたたいてる
風のせいかしら
ほらまた聞こえる　ピンピンピンピン

こんな夜は笑ってしまう
暖炉の火で部屋には光のまだら
暖炉のうえを大きなねこの体がいききする
枝のうつ音はいそがしく
フクロウはなんておにあい
こんな夜は笑ってしまう　物語ができそうで
だらだらとあたまをひねることもない
ねこ　夜　暖炉　女の子は居眠り……
それだけで

アデラ

アデラはとってもおばかさん
おつむがどうかなったので
とトムは言う

アデラは田舎の病院へ
アデラはとってもハッピー
ドクター・ノットはとってもナイス

ここは快適　家にいるのとかわらない
ドクター・ノットはとってもナイス
アデラはとってもハッピー
アデラは（ノット）ハッピー
ノットはとってもとってもハッピー

ここは
ひろすぎるくらいの病院の敷地

ボグフェイス＊

わたしの可愛いボグフェイス
おまえはなぜそんなにつめたいの？
なぜ目をとじてうそなんかつくの？
そんな年でもないのに

ボクはこの世の申し子
美徳の申し子
かあさん　ボクはもうこれがいやになった
ボクはボグフェイス

＊　ボグフェイスとは顔の醜いことの差別的な表現。
自虐的な子と醜さなど気にもしない母親の愛情が

感じられる。

怒りで鳥はとんでいく

夢を見た　三方が壁に
　かこまれたへやで
ワタリガラスが壁に体
　当たりしている
へんでしょ
いっぽうは壁もなく日
　がてり雨ざらしなのに
夏の日も冬の日も壁に体当たりしてあざだらけ
おかしなワタリガラス
おきて　おきて　鳥さん　ここから飛んでって
ここは牢屋じゃないのよ

わたしは鳥をすくいあげた
さあ　いい子ね　飛ばしてあげるから行くのよ
ところがワタリガラスはしくしく泣いて
ため息をつき　パタリと気を失った
仲間がやってきてはやしたてた
バカだな　なにきどってるんだ
ずっとそうやってめそめそしてるがいいさ

するとワタリガラスはいきり立っておきあがり
なんだって！　とさけぶと
あっというまに壁をおしたおし
空に舞いあがっていった

夢のなかで　わたしは
飛んでいくワタリガラスを見ていた
ほっとして愛おしくて

でも起きたらまぶたが濡れていた
わたしがどんなにペットを愛しても
ペットは苦しむだけ
鳥に勇気をあたえたのは　自由をあたえたのは
愛じゃなく怒りだったから
それからよく涙があふれるの
怒りのちからを思って

幸せなファフニール

森のしずかな池で
竜のファフニール　舌を冷やす
ファフニールは舌を冷やす
そして鼻を浸す
清らかな水で鼻をきよめる

しあわせな竜ファフニール
うろこの外套みにまとい
やわらかな眼をかがやかせ
ゆったり尾っぽをふっている

のんきな竜ファフニール
進撃してくる騎士に
やがて一突きされるのに

しあわせな竜ファフニール
平穏の午後をのんびりねそべる
じぶんの最期など知るよしもなく
おまえはやがて八つ裂きにされ
けがれない心はこっぱみじん
てがらのために騎士は容赦ない

おまえの血があたりにとびちり
優しいおまえは苦しみもだえる
無念無念　死んでも死にきれない

でも　ファフニール
それでいいのかもしれないよ
騎士が草を焼き払ったら
おまえは餓死するしかないんだ

人質

夜が明けたら絞首刑
　と宣告がおりた
なにもやってはいな
い　がそういう運
命だ

この独房で最後の夜をすごすがいい
神父がめんどうみるだろう

独房には脚輪つきベッドが二台
神父がいっぽうのベッドに
もういっぽうに彼女がすわった

神父さま　どうか聞いてください
お祈りはいいですから
わたしは国教会の信者　でもいまは
懺悔ではなく　ただ話したい
ただ話したいのです　とても辛いのです
いえ　死そのものが辛いのではなく
むしろずっと望んでいたことですから
ただあまりの絶望で……
彼女はため息をついた
神父は言った　続けなさい

わたしはあなたのためにいるのです

ヨチヨチ歩きのころに
もう乳母車のなかで思いました
すべて終わればいいと
ああ　それだけでもすでに罪人です
まわりの子たちのなんて明るいことか
むじゃきで安らかで
もちろん人生は美しい
ああ　自然の美しさといったら
田園風景のなか日の出をみたことがありますか
晴れた日に　たとえばノーフォークの森の
おとなしい牧場の動物が
アザミのうえをゆっくり歩き
始発列車の汽笛がひびき
ミルク缶のぶつかる音がし
森の木々は小川に浸り
魚がピシッパシッとはねて虫をとり
一瞬一瞬が驚きと感動です
田園はあふれんばかりにいきいき輝いていました
でもわたしはいつもアウトサイダー
居場所がなくて
いつもぼんやり見ているだけでした

ロンドンに引っ越しても同じでした
雨の日のバス　ひとは幸せそうに家路をいそぐ
みんなうちに帰りたがっているのに
なぜわたしだけさまよいたがってるのか
神父様　わたしはずっと絶望のふちにいたのです
ドアを突き破って　どこかに行ってしまいたい
どしゃぶりの雨のなか家のドアをあけると
愛する人が　お母さんがキス
そんなひとこまはわたしにはなかった
むしろ嵐のなかをあるきまわりたい

なにもかも吹き飛んで！　と思いながら
それがわたしでした
もちろん親友もいません
結婚？　考えたこともありません
この病気　影響力が強いのです
死にたくなる病気です

でも神はお許しになるでしょうか
絞首刑もかまわない　むしろ幸せと思うものを
お許しになるでしょうか
もしまた生まれ変わるなら
いえ　それが運命なら　にんげんでなく
部屋のすみにおかれた野菜かなにか
大昔の石ころかなにか
地球をつくった閃光かなにか　でありたい

ちょっと啓示がみいだせませんな
神父はこまったように言った
ただ人生はそんなに執着するものでもないのだが
ですから　彼女は言った
わたしはその反対ですわ
ああ　そうでしたな
神父はきまりわるげに
なんとかとりつくろうと冗談めかして言った
ああ　そういえば
イギリスでは人はめったに笑わないそうですな*
そんなことないですわ　笑います　他と同じです
なんにでも笑う人なんてこの世にいませんわ

うーむ　神父はくちごもった
いや　あなたの問題はなんとも不可解
とにかく祈りましょう
あなたが死を望み　死の宣告をうけたなら
それはそれで都合のいいことじゃありませんか

＊ 英国カトリック神父はたいていアイルランド人である。本来は神の象徴である神父だが、ここでは宗教が結局は救いにならないことを揶揄している。

バイバイ　メランコリー

バイバイ　メランコリー
行って　どこへでも

木が緑でなかったら
地球は緑のままかしら？
風が吹かなかったら
火はメラメラ川はサラサラいうかしら？
バイバイ　メランコリー

アリは働きもの
たべもの運びにおおわらわ
食うか食われるか一刻をあらそい
バイバイ　メランコリー

ヒトもまたおおいそがし
食べ　愛しあい　死んでいく
かたときも安心することなく
バイバイ　メランコリー
さあ　行ってちょうだい　どこへでも

ヒトは知恵あるもの
ヒトだけが偶像をつくりあげ
そこに善を注ぎ神とよぶ

だったら　もう　涙を語らないで
独裁　病気　戦争を語らないで
神が存在するならなぜ不幸がなくならないの

ヒトは偶像にありったけの善をつめ神とよぶ
そして善をおこない神の愛をもとめる
踏みつぶされ　罪をおかし
死にそうになりながらも
まだ天をあおぎ　神にすがろうとする
なんておめでたいのかしら
バイバイ　メランコリー
これっきりよ

女騎士ローランディン*

ローランディン　孤独の詩人
悲しきタイピストセクレタリー
暗い出勤日　仕事はうんざり　心はぼろぼろ
うさばらしにこっそりうたう歌

「金持ちは貧乏人の時間をむだづかい
貧乏人はだまって植木にくやし涙
その木はひっそり実をつけて
その実はひっそり熟れて落ち
やがて親木の肥しになる
その木は怒りの木　怒りの樹液があふれてる
わたしの心も怒りにあふれ地獄いき
だのにボスはのうのう天国いき
こんな仕事にわたしをしばりつけ
なんの痛みも感じない
ええ　ええ　もういいの
だれに聞かれたって
歌うわ　大声で　わたしのうらみ節」
彼女は立ちあがり　ラッパを口にあて涙を流した
「ひとの涙を食べる神

わたしは涙を与えましょう
ひとの情熱　悲しみ　喜びは
あなたの血となり肉となり
あなたは太り　ひとは死んでいく
あなたのなかにひとの命がやどるでしょう」

女騎士ローランディン　ふかく頭をたれ
夕暮に絵を描いた
その絵には　いつしか神があらわれていた

＊騎士ローランドの話はブラウニング（一八一二〜八九）の詩から。困難に挑戦するローランドは猛猛しくラッパを吹くとある。作者は自分をこの騎士になぞらえている。

ジャングルの夫

最愛なるエブリン
ここはジャングル
うだるような蒸し風呂だ
銃をしょって　きみのことを思ってる
きのうは　カバをやったった　ヒッタッポタマス＊
きみのために寸法かいておいたのに
どうやら　なくしちまった
こんなところで酒はまずかったか
いや　酒はこんりんざい断ったんだった
ほんとだ　誓うよ
あしたはジャングルの奥ふかく
なにせここはまっくらだ
ほんのてっぺんだけかすかに緑

たまに木が倒れて
灼熱の日差しが銃弾のようにつきささる
するとまわりは地獄池
ぞっとするだろ?　正気のさたじゃない
まさか　きみ　こんなところに来たくはないだろ
なにしろそこは舌なめずりの大蛇だらけだからね
しかもしたたか食ったって顔で……
エヴリン　そういうわけさ
……じゃ　このへんで　ごきげんよう
きみの愛しき夫ウィルフレッドより

＊ 酒で呂律がまわらず、カバを仕留めた(hit a hippopotamus)がヒッタッポタマスにしか言えない。幸福そうな夫婦に潜む心理的距離(妻からの逃避。死)を暗示する。

不似合いな結婚

あれは結婚式の夜
わたしはおいぼれ七十三
うでに抱いた新妻は結核もち
戦争だった　爆音がなりひびき
ドイツ軍が大規模な爆撃をかけていた
ここハムステッドあたりに
おりしもその頃
イギリス軍もドイツに爆撃機を飛ばしていた
ねえ　ハリー　両機が衝突したりしないかしら
そんなことはない　ありえないさ
なき妻よ　いつまでも忘れない　あの爆撃の夜

たまらない　たえられない

たえられないのは動物のみせもの
動物は動物　動物は動物よ
それでじゅうぶん　じゅうぶんだわ

フランスで見たサーカス
犬がうしろ足をひょいと上げ　トイレの格好
そんなのしたくてしてるわけじゃない
それを笑ってみてるひと　泣きたくなった

これでもかこれでもかとムチあてられ
その容赦ないこと　むごいこと
ライオンの火くぐり　象のダンス
みちゃいられない
百獣の王ライオンがムチがこわいと火をくぐる
りっぱな象が床が熱い熱いとダンスする
たえられないわ
人寄せのためムチはいっそう強くなり
お金のため床はいっそう熱くなる
芸がおわれば檻のなか
もうやめて　やめて　やめて
泣きたくなるわ
やめて　こんなむごいこと

神　大食漢

わたしが信じない神がいる

信じないけど愛してやまない神
この神　わたしの人生　わたしのすべて
わたしはあなたのもの

わたしのもつ喜びや苦しみ
痛みや軽蔑や傲慢のすべてを
この神に与えましょう
それはあなたの栄養となりましょう
この神　わたしの人生　わたしはあなたのもの

神よ　わたしが死んだら
わたしだったものもわたしでなかったものも
すべてを食べ　嚙みくだき　太りますように
わたしのすべてはあなたの糧となる
わたしはあなたのもの

神　大酒のみ

手首にナイフを切りつけて
流れでるわたしの血を
あなたはむさぼり飲む
わたしの生をむさぼり飲む

そんなにも貪欲に飲む
あなたはいったいだれ
あなたは死神
まどろみながら血を飲むあなた

ナイフはわたしの肉を切り裂いて
血をしたたらせている
そのナイフを口にくわえるあなた

あなたは私の健康をむさぼる
闇のなか　こっそり
あなたはやってくる

ネコのメイジャー

メイジャー　かわいいね
なにをたくらんでるの
あじさいのなかで　木のしたで
小鳥をねらってる
メイジャー　ちいちゃな無頼漢
みえないところでわるさする
ときどき背中もまんまるに
屋根裏部屋にかけあがっては

はしごの鉄の桟に一撃くらわし
すごわざだわ　あなたの特技
メイジャー　かわいいね
りこうそうにあるいて
なにたくらんでるの
それはだれにもわからない

イギリス人

人文分野のインテリ　中産階級のイギリス人
イギリス人の多くは偽善者だ
でも死んだらただのひと
それでも油断禁物　偽善の根はふかい
すぐに感染する

ウィブトン*のやさしいハト

やさしいハトのこえ
ハトがうごいている
ハトが泣いている
いとしいきみ　いとしいきみ
そういって

クリの木のたかいところ
老いたハトはうずくまる
さびしくうずくまり
泣いている
いとしいきみ　いとしいきみ

灰色のそらで
木々の葉っぱや草のみどりは
いっそう鮮やかに
クリの花もせいたかシャクの花も
いっそう白く

空気はりんと澄みわたり
そらはふかく沈みわたり
そこに水の音
みずしぶきをあげて
わたしの犬が
雄犬レッドと雌のハニーが
沼のへりからすべりおちた音
沼に足をすくわれて
なんてこと

獲物をおいかけた二匹
しあわせだね

沼のなかでもがいて
しあわせだね
さあ　そろそろ帰ろう

いますべてが静かだ
いっさいの音がきえた
暗く憂うつな日に静かに雨がふる
この静謐のなか
ハトの嘆きがまばらになる

高いクリの木で
老いたハトはうずくまる
孤独をうたう
やるせなくつらく　なげく
くりかえし　くりかえし

＊ ウィブトンはイギリスのノーフォーク州のまち。中世の有名な港町だったが、長年の堆積作用で内陸のまちとなった。スティーヴィーはよくここに滞在した。

過去

昔はよかった
とりわけ信仰があったころがいちばんだ
そんなことを口癖のようにいうひとは
中世にかえるといい
魔女のようにいけにえにされるといい

歌うネコ

たいそう混んだ列車のなか
とらわれのおチビちゃん

かげんがわるく
ご婦人が箱から出して
よしよし　よしよし

たいそうかわいいおチビちゃん
しっかりひざに抱かれてる
それを　みんなが見守って

おチビちゃんたら　ご主人のひざのうえ
つめを立てたてひっくりかえる
せつなそうに　むじゃきな声でなく
ミューン

むじゃきな声で　ミューン　ミューン
まるで歌っているみたい
見守るひとの表情もゆるんでる

むじゃきなつめを　ご主人の胸もとにたて
みんな夢中でみてる
ネコちゃん　うたってるわ

むじゃきな鳴き声　むじゃきなつめをたて
おチビちゃん
みんなをしあわせにしてる

アデレード・アブナー

アデレード・アブナー
あなたはつめたくなった
パーティーに誘ってくれなくなった
じぶんひとりが目立ちたいから
あのころパーティーは楽しかった
ちやほやなんかされなくても

そこにいるだけで楽しかった
ひとりでいるのはたまらない

ひとりぼっちはたえられない
胸がちくちく痛くって
涙がぽろぽろ止まらない
アデレード・アブナー
あなたはつめたくなった
わたしはまたひとりぼっち

少女はしかし　ひざまずき
アデレードについて
悪く言ったことを悔いた
わたし　ほんとうの友達だったのかしら
そうよ　そうだったわ

わかってるわ

人の心は移り気で天気とおなじ
かのじょの心が変わったのなら
もうさよならね
ずっと　さよならね

まさか

まさか　まさか
そう思うときがある
動物っていろんな勇気をみせるから
生まれつき勇敢なのがいる
そうじゃないのもいる
ひょっとして
滝に向かっていくような無茶もやるのだろうか

あるとき　小さな池のそばにネコがいた

芝生から池を跳びこそうとしている
三回　後ずさりして　神経を集中させ
いまにも飛びそうだったのに
なぜか　やめた
そして一呼吸おくと
どんまい　どんまい
そんな感じで　ポーンと跳んだ
そのジャンプのすごさといったら！
池の二倍も遠くに　高く跳んだ

どうして跳んだんだろう
そんなに無茶して
池のまわりの道を歩いていけたのに
まさか　まさか
動物はいろんな勇気をみせる
単純に勇敢だったり　そうでなかったり
これは説明がつかないのだが
ふと思いついて
高く跳ぶことに命をかけてみたりするのだろうか

わたしの心は

わたしの心はわたしの造物主のもとへ向かう
主はわたしに　終焉と救済である死を与えた
生きとし生きるものすべてが静かな死を求める
死はかれらの活力を食べつくし
そして何もあたえない
みんなそれで本望だ
生きているときは決して
そんなふうには考えないのに

だれか！

深い海のうえにわたしは浮かんで
合図を送る　応えはない
それでも　遠くに船がみえると
合図を送る　応えはない

わたしは幽霊船　あるいは外国船
訳あって　のけ者にされるのか
それとも　わたしは罪びと
わたしが忘れてしまっても
みんながそれを覚えているのか

わたしはいく
夜の闇に　もっと深い闇に

船のあかりはもう見えない
かわりに
ひとすじのリン光性のひかりが
水面からのぼり
それが光っている

海中にわたしは手をのばす
目を落とすと
それはいっぴきの魚で
みごとに透けて　内臓まで透けていて
ずっとずっとふかい
五マイルも沈んだところの
地震海溝からきたのだ

それは器官のすべてが透けて見え
丸い眼球をもっている
死んでいるのか

それとも　ただ力を使い果たしたか
それはわたしの手もとで漂う

海の奥底から
何世代もはるか先から
旅をしてきた魚
急な水圧の変化に対応しきれず
気をうしなって　漂う魚

こうやって会えたのも
なにかの縁
しばしわたしは孤独をわすれ
それから　むしょうに
魚を誰かにみせたくなった
でも　いったい誰に？
どこにそんなひとがいるのだ

なげきと　ささやき

そのなげきとささやきは　だれ？
それはミューズ
声は閉ざされた扉にはねかえり
ミューズは口を閉ざす

もっと大声をあげて　ミューズ
大騒ぎしてちょうだい
言葉は楽しいガラガラおもちゃよ
するとミューズは
どうしてわたしが？
そんなふうに言ったか言わずか
ふっといなくなった
だからわたしは

昼も夜もミューズを探す

わたしのミューズ
どこに消えた
わたしがいけなかったわ
そのやさしい顔　甘い声
でも声が小さすぎたばかりに

あえて耳をかたむけなかった
いま耳をそばだてても　おそすぎる

隠微な光を持っていたのに
それをいたずらに葬ってしまったわたし
魂の作品　もう取り戻せない
ミューズ　わたしのミューズ
主よ　わたしにお戻しください
あのなげきと　ささやき

わたしにお戻しください

すると　あの声が
まえよりももっと大きな
なげきとささやきが
そっとあいた扉から
聞こえてきた

ジャンボ

ジャンボ　ジャンボ　かわいいぼうや
ジャンボ　おいで
犬のジャンボは動かない　ねっからのなまけもの
おなかはブヨブヨ　毛はザラザラ
でもどんなに醜くったって
母親にとっては宝なのね

ノコギリソウの川

みわたすかぎりの草原に
ある日
むらさき色のちいさな流れができる
それは　ノコギリソウの川

七年に一度だけ
ひなぎくの花の草原に
さらさらさらさら
かれんな姿をみせる

あれはわたしがななつのとき
甘美に澄んだ流れを
うきうき歩いた

なつかしい　ノコギリソウの川

ちいさな記憶のなかだけど
今でも目に焼きついている
愛しい　ノコギリソウの川

たった七日間姿をみせる
むらさきのちいさな流れ
いまもこころから賛えたい
七年にたった一度の
ノコギリソウの川

ムクドリ

あなたをひとりおいて
ムクドリのえじきになんかさせないわ

だって　こんな嵐のなか
あなたをこれほど愛したことはなかったもの

夫はしかし妻の言葉にぞっとした
皮膚は凍り　毛は縮みあがった
夫はそっと部屋をぬけだし
太古の山にのぼっていった
どしゃぶりの冷たい雨を歩きながら
気持ちが楽になっていくようだった

ぼくは氷のように冷たく寒い
妻のあまい言葉に　ぼくは震えあがる
彼女はそうやって　ぼくを縛りつける
もう　まっぴらだ

かれは服をぬぎすて　あっというまに凍りついた
山の斜面の氷のなかで

冷たく　平和な眠りについた
自分の居場所をみつけて

谷間の家で妻は待った
それほどまでに夫を愛した妻は
夫をそばに引きとめようと
まだ甘い言葉でうたっている

あなたをひとりおいて
ムクドリのえじきになんかさせないわ
だって　こんな冷たく風の荒れ狂うなか
あなたをこれほど愛したことはなかったもの

さよなら

さよなら　みんな

大好きだったわ
でももうおわかれよ
どうぞわたしに花をたむけて

さよなら　人生
いつまでもすてきでいて
わたしは遠くにいくの
だから　ごきげんよう

さよなら　いとしい地球
いつも水をからさず
草原をだいたあなたが
こころから好きだったわ

さよなら　さかなや虫たち
鳥やどうぶつたち
気味のわるいへびも
わたしはいつも味方だったわ

さよなら　ひろい空
太陽　月　またたく星
さよなら　この宇宙すべてのもの

キンコン　カンコン
鐘の音で　さよなら
キンコン　カンコン
甘い音色で
さよなら　さよなら

「ポーロックの客人」* 私感

コウルリッジにポーロックから客人あり
以来それを災いとよんだ

でもここぞとばかり客を通したのはなぜかしら
居留守だってできたのに

ちょうど彼は「クーブラ・カーン」の詩にゆきづ
　まり　あせっていた
ああ　もうだめだ　書けない
そんなとき　ポーロックから来客あり
まさに渡りに船　客人のせいにした
いさぎよくないけど　よくあるはなしよ

＊

ポーロックの客人はどんなかた？
あらあら　ごぞんじありません？
ポーロックの丘のポーソンさん
ひっそり暮らしておりますが
出自はラトランドの名家ウォーロック
あらあら　家柄が気にはなりません？
ポーソンさんは猫といっしょです

その名も　おとぼけフロー　フロー

ポーロックの客人を
わたしは心のどこかで待っている
わたしの雑念おしまいにできるひと
思いがつのって　いまじゃとても身近なひと

いつもおもてが気になって　気もそぞろ
まだかしら　いつになったら来るのかしら
ああたまらない　はやくなんとかして
ポーロックのポーソン　はやく来て
わたしの雑念たちきって

＊

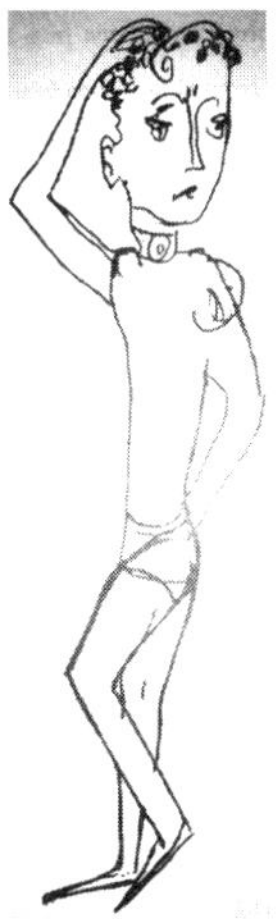

ポーロックからお迎えがあり
すべておしまいにできる人がうらやましい
この世のすべてにさよならできるから

＊

そのときをひとはなぜ呪うのかしら
忘れずに来てくれることを喜ぶべきなのに
でなきゃずっと生き続けなきゃならないのよ

＊

ああ　ああ　気がめいるわね　こんな話
できればもっとのうてんきでいたいわ
神様は十人十色の人間で実験しながら
ああでもないこうでもない
されるほうはたまったものじゃないわ
神の意志にはしたがうのがすじだけど
ときには笑いとばすことも必要ね
だから前に進むしかない
にっこり　にっこり笑って　ペンをとるの
そのうち仕事に没頭して
死のことなんかきっと忘れてるわね

＊　コウルリッジ（一七七二～一八三四）が　大作「クーブラ・カーン」執筆中ポーロックから仕事上の来客があり詩のイメージが中断され未完に終わったことから「ポーロックの客人」は招かざる客、邪魔中断されるということわざになった。

カエルの王子

ぼくはカエル
魔法をかけられ緑の井戸にすみ
お姫さまをまっている

お姫さまのキスで魔法がとけ　めでたしめでたし
でもおはなしはいつもここまで

だからぼくはおちつかない
なぜみんな気にならないの?
魔法がとけたらもっとしあわせになるの?
ここでじゅうぶんしあわせなのに

ぼくは百年もずっとカエル
涙を流すようなつらいこともなく
川にとびこめばどこへも行け
けっこう楽しい毎日だ
なによりここは静かだ
静かなのがいい
ぼくは静かな生活に慣れてしまった

こんなことをつらつら考えながら
じつは別の思いもゆききする
ここでしあわせと思うのも
カエルで満足してるのも

魔法からとけるのを不安に思うのも
これも魔法にかかってるから
それはうらをかえせば
魔法がとけるのがこわいってこと
カエルでなくなるのがこわいってこと

そう　魔法がとけるってことは
カエルじゃなくなるってことは
そこは天国?　ああ　たぶんそうなんだ

それなら　はやく来てほしい
お姫さま　はやく来てほしい
その日までぼくはしあわせだけど
それはほんとのしあわせじゃないんだろう
ほんとのしあわせは
魔法を解かれてみないとわからない
それをぼくも知りたい

女の館

ここは女の館です
気丈な女ふたりがたくましく生きました
恐怖がドアをバンバンさせて
入れろ入れろとおどしても
一歩もひかない姉妹です

病弱な赤ん坊ふたりかかえたほうの
夫は家族をすてて海に逃げました
それきり送金もなく
被扶養者手当の無心にやってきたときは

ポンとくれてやり
文句ひとつも言わないのです

それがわたしの母
そして母の姉　誇りたかき
わたしがライオンと呼ぶ女
ともに歯をくいしばり暮らしをたてました

母ははやくになくなり
ひとりでわたしたちを育て上げた伯母も死に
姉も去っていきました
いまやわたしも老い　威厳と気品の伯母にかわり
この家をきりもりします

ここは女の館です
気丈なおんなの館です
あふれそうになる涙をおさえ

感情を押し殺して生きぬいたおんなの館
あばら家ながら宝の家
質素に厳格にぜいたくこそなかったけれど
安らぎとぬくもりがあった女の館です

エイボンデール

まあかわいい
エイボンデール
　エイボンデール
エイボンデールの
　小鳥さん
どうぞ舞って　鳴
　いて
なんていい子たち

エイボンデール　エイボンデール
エイボンデールのこどもたち
どうぞとんで　はねて

ネコちゃん　ワンちゃん
エイボンデール　エイボンデール
自由きままに　とんで　はねて

ああ　愉快　とっても
動物もこどもたちも楽しくて気持ちいい
エイボンデール　エイボンデール
みんな　すきにとんで　はねて

さそり

「なんじの魂は今夜にも取り去られるであろう」*

わたしの魂はついぞ取り去られることがなかった
そう　それはいつもほかのだれか
でもひょっとして今夜　わたしの番かしら?

魂が取り去られるってことは　どんな感じかしら
思いつくのはせいぜい病院受付の会話ぐらい
ブリッグス夫人でいらっしゃいますか?
いいえ　わたくし　さそりです

魂をわたしはもがれてみたい　魂のないまま
草地から大海原にふわふわ漂っていこう
だいすきな草原　だけどそこにはもう何もない
牛も　家もない　ひともいない
草地も海も無と静寂の世界

ああ主よ　今夜こそ
さそりの魂を取り去って
さそりは　消えたくてしようがないのです

＊「汝の魂は今夜取り去られるであろう」はマルコによる福音書より。富を貯蔵する蔵を建てた男に神は、あなたは今夜死ぬ運命にあると宣告する。この男のように欲深く傲慢なじぶんの魂が取り去られ、消えたいと願う一匹のさそりは作者自身でもある。

おばかさん

ワローマッシュという森を
てくてく行くユージニア
まだおしりの青いユージニア
かのじょは　そう　おばかさん

森のむこうに沼地があって
ぬかるんでいるけれど

水浸しではなく
歩いて渡れなくもない道がある

ユージニアはその森で三年すごす
野イバラや木イチゴの木を
かきわけながら　道に迷い
イチイの深い木立のなかの
魔法使いの家で働かされた
でもあんまり楽しそうなので
魔法使いは気が抜けて
あいそつかした
おばかさんだね　ユージニア
死にたいよ
沼地で死にたいよ
ユージニアは泣いた

ほうりだされて自由の身
またさまよいあるく
それはそれで幸せ
魔法使いの家で働かされていたときと同じくらい
楽しくて楽しくて

沼地の道は
太陽があつく照りつける
道幅はせまくて
道端はどろどろだ
小さなカブトムシが走りまわる
ハエやブヨや蚊がうるさく飛んでいる
そして沼地はいちめん緑色
ユージニアがみたこともないような緑色

ユージニアは歌う
メー　メー　メー
そうやって時がたつ

一度は悪魔があらわれて
緑の沼のなかに
ユージニアを誘い出そうとした
おいでよ　おばかさん
緑の上を歩いてごらん
いやよ　ユージニアは答えた
ユージニアもそこまでばかじゃない
そんなことしたら
沼の底にしずんじゃう
いいぞ　いいぞ　ユージニア
そこまで脳天気のしあわせさんはちょっといない
のんびり　のほほん
ステキじゃないか
パラダイス　パラダイス

そうやって七年がたち
沼の道はいきどまり
その先はほんとの沼地になっている
ユージニアはそこで砂丘に出る
アフリカへネガヤ草の茂みがある低い砂丘
そのなかの　砂の道を行く
みると砂丘のむこうには
大海がひろがり
ザブンザブンと大波をうっている
海はいっきに白波を集め
浜辺にうちよせ
あっというまに
おばかさんをつかまえたかと思うと

喜び勇んで
荒波がくだけるところに去っていった
かわいそうに　もうあの子の姿はなかった
墓に行ったのだ　わたしは思った

でも　その浜辺を歩いてみてよく思う
海はその深いところに眠るユージニアを
ずっと掬い流してきたのだ
ユージニアが歌っている　ほんとうに嬉しそうに
まるでなにか大きなごほうびでももらったように
まるでいちばんの願い事が叶ったかのように

優しい兵士

戦争だった　わたしは十二歳
のどかな郊外に
塹壕暮らしの兵隊さんが　やってきた
一時除隊の兵隊さんが　やってきた[*1]

そこは庭のある大きな屋敷
にわか野戦病院になっていた
バジルはソンムで負傷して
車椅子がいるほどでもなく
松葉杖をつくほどでもなく
自力でその家にたどりつき
暖炉のまえの敷物に横になった
黄金の十一月　例年になく穏やかで風もなく
郊外をおおいつくす大木　カシの木　ニレの木は
まだまだ全身を黄色に染めていた

バジルは目をさますとおしゃべりしよく笑った
気持ちのいい青年だった
彼はチャーチ・タイムズ[*2]を読んで言った
お譲ちゃん　ほら　こんなことが書いてある
ホルボーン教会がカトリック聖餐式にこだわって
　ることで司教がおかんむり……だってさ
そうそう　お世話になるお礼に　次の日曜オー

ル・セイント教会に連れてってあげようね
まだちいちゃいけどご婦人席にすわるんだよ

バジルは戦場についてなにひとつ話さなかった
でも私はそこがどんなかをよく知っていた
塹壕　ぬかるみ　とどろく銃声　敷板
泥だらけの戦場をいく兵士と馬
降り出したらやまない雨　痩せほそった木々
放置されたさびだらけの砲架
教科書で習った詩
「騎士ローランド　暗き塔に辿り着く」[*3]で
私はすべて想像できた

バジルと友人のトミーとジョーイは
朗らかでこれっぽっちの悲観もみせず
不安な将来にふれもせず　とにかくよく笑った
ロニーはどうするつもりかな　ローマのことは本
　気かな
そうバジルが言ってみんな笑った

そのロニーがローマカトリックに改宗したとき
トミーが「精神のアイネーイス」をプレゼントし
　てくれた[*4]
そこにはロニーの改宗への苦悩がえんえんと書か
　れていた
たしかに改宗は勇気のいることかもしれなかった
でも私には　バジルやトミーやジョーイのほうが
　もっと勇敢に思えた
戦地に向かう恐怖などみじんもみせず
あなたたちこそほんとの勇者
まぶしくて正面からみられなくて
燃えるような思いで　あなたたちを
ちょっと斜めからうかがった

ああバジル　あなたは底なしに陽気だった
でもあなたの陽気さは一方で
おそらくあなたが教えるつもりのなかった秘密を
　教えてくれた
昔ローマ人が危険や悪魔をその名で語らず
美しい女神たちエウメニデスの名を語って危険を
　避けたように*5

バジル　あなたはなにも語らなかったけど
教科書でならうこと以上のものを教えてくれた

あとがき
トミーとジョーイがフランスで戦死して三十年、
バジルはそのときの負傷により死す。一片の榴
散弾がその陽気な心にとどめをさした。優しか
った一人の兵士にこの詩を捧げる

*1　第一次大戦下、フランスの激戦地ソンムで負傷した兵士バジルが逗留したときの出会い。
*2　チャーチ・タイムズは英国教会の新聞で反ローマカトリックの立場から、オールセイント教会のカトリック寄りの形式を批判している。
*3　「騎士ローランド」は当時よく読まれたブラウニングの詩。シェークスピア「リア王」三幕でトムを装うエドガーによって語られる部分「騎士ローランド　小暗き塔に辿り着き／辺り怪しみ大音声……」（新潮文庫　福田恆存訳）からで、未来に挑戦する騎士予備軍ローランドの勇気を詠んだ詩である。
*4　ロニーは国教会からカトリックに改宗した作家ロナルド・ノックスで、ローマ建国の話を扱ったウェルギリウス（ヴァージル）「アイネーイス」にちなむ著書で改宗を説いた。作者は、しかつめらしい学説で改宗の正当性を説き勇気を誇示したロニーより、悲惨な戦争についてひとことも語らず戦地で命を落としていった若者に尊敬を抱いた。
*5　古代ギリシャ人が、フューリエス（復讐の女神たち）の名を語らずエウメニデス（慈悲深い女神たち）の名を語ることで危険を免れようとしたように、戦争を語らなかったバジルの優しさと勇気を心から讃え、美しい追悼になっている。

荒寥*の海

おひめさまのお相手は
おとぎの国の王子さま
ゆめのような結婚式

ふたりの新居は崖の城
とおいとおい荒寥の海

ときたま人がたずねていく
先週わたしも招かれた
お聞かせしましょう
とおいとおい荒寥の海
（ふたりの声がするの……
　さあ　魔法のじゅうたんをお渡りなさい
　着いたら　熱いキスで迎えましょう）

お城の庭であそんだり
いちじくの木にのぼったり
荒寥の海で泳ぎもするの

ふたりの姿はかすんでるけど
それはきれい　それはうっとり
おそばに忠実な白ねこをはべらせて

夢かしら
キスされぎゅっと抱きしめられれば
ああ　ああ　まるで雲のうえ
夢ならこのままいたいわ

だから出されたものは残さずいただくの
なにかで読んだわ

おとぎの国のものを食べれば
決して目を覚まさないって

でもね、ちゃんと生き続けるのよ
嘘じゃないわ
ほんとうに私に起こったことだもの
とおいとおい
荒寥の海で……

＊

「荒寥たる」（forlorn）はロマン派の詩人キーツ（一七九五～一八二一）が「夜鶯によせるオード」で使った詩的なことば。荒寥たる海辺のイメージはロンドン、ナショナル・ギャラリーのクロード・ロラン「キューピッドとプシュケ」の断崖の城と海に影響をうけた。荒寥たる世界に満足げに身を任せる姿に、作者の憧れであった永遠の世界が浮かび上がる。

エンジェル・ボリー

悪女マラディ・フェスティングは
娘のエンジェルとその夫ハークといっしょに
ヨークシャーの荒地に暮らしておりました
百年もまえのおはなしです

ある日エンジェルは
母マラディと夫の話をふと耳にしてしまいました
「ねえハーク　そろそろ台所で子どもが一組いるね」
それに笑ってうなずく夫
彼もまたよこしまなにんげんでした

エンジェルははっとしました

これまでみてみぬふりをしてきましたが
台所につれてこられた子どもたちが
いつの間にかいなくなるのを
いぶかしく思っていたのです
そうだったの
子どもをさらって殺してたのね
それで村人たちが陰で言ってたんだわ
「ほらほら騙しやさんのむすめだ」
「騙しやさんってだれのこと」
「フェスティングさんよ」
ああ　なんてひどいひとたち
ゆるさない
子どもたちを悪魔の餌食にはさせないわ
エンジェルの顔に黒い影が刻まれました
今日からわたしは死の天使
エンジェルは誓いました

夫人とハークは家事いっさいを
エンジェルにやらせていましたが
料理も家事も性にあっていたエンジェルは平気でした
文句ひとつ言わずせっせとはたらきました
その無関心がふたりには好都合でした
でも「わたしは死の天使」の決意の日から
エンジェルは足しげく森や野原に行き
「死のテングダケ」とか「白」とかいう毒キノコを採って
夕食のスープにし　母と夫にだしました
そして二人はあっけなく死にました
エンジェルは警察に出頭して言いました
「わたしは罪をおかしました
でもたくさんの子どもを救いました」
子殺しをなぜ警察に届けなかったのだ

「証拠の死体がないのです」
警察は捜索を始めましたが
やはり死体はみつからないのです
どうせ警察は信じてくれないだろうと
子どもたちの親もあきらめて
捜索願いも出していなかったのです

それから法廷でエンジェルは口をつぐみました
何をきかれても「わたしは死の天使」と答えるばかりです

エンジェルは精神病棟に入れられ
はやりチフスで死にました
それから村人はエンジェルを敬愛するようになり
エンジェルの墓石にこう刻みました
「彼女は正義のために罪をおかした」
しかし司祭は言いました
いや　名前と没年齢だけにとどめよ

村人は墓碑の言葉を消しました
しかし翌日　またおなじ言葉が刻まれているではありませんか
それでその晩
警官と寺男が寝ずの番をしました
なにも起こりませんでした
でも次の日　墓碑には
またおなじ言葉がよみがえっていたのです
司祭は言いました
これはおそらく神のなせるわざ

イチイの木に埋まった墓のうえ
エンジェルの墓石はいまなお姿をとどめています
そこにはこう刻まれているのです
「彼女は正義のために罪をおかした」

＊　一九六〇年代にマンチェスター郊外で起きた「荒野の殺人鬼事件」を題材にした物語。

ロバ

それは愛くるしかったね
とてもかれんな耳をして
きびきび畑を駆けまわった
くる日もくる日も

判で押したようにあじけない
働きづめの日々から
やっとお役ごめん
きみは解きはなたれた　ブラボー！

ああ　きみの瞳はそんなに輝いて
でもそれはもう若き日の輝きでなく
悟りを知ったものの輝き

つきはなすような醒めたものがみえる
ああ　目の前にひろがるのは
もう畑のうねなんかじゃない
あまくせつない大草原のアナーキー！

そして私の胸も躍る
ああ　やっとだわ
目の前にひろがる死のアナーキー！
ロバよ　一生にはだれにもいっしゅんの輝きはあ
　るけれど
私はあこがれるの
この身がズタズタに打ち砕かれんことを！

おんどり

おんどりが鳴くのを

お陽さまが高いときにきいてみたい
真昼間に　それはゾッとする
たとえば　雷がきそうな　とっても暑い日
草もほこりっぽくて　焼けたようになる日
水位の浅いビーン川のむこうにひろがる
壮大な実りのとうもろこし畑を
畑の小道づたいに
うつむいて　一歩一歩　ゆっくり歩く
歩きつかれて　灰色の石の道しか目にはいらなく
　なり
そこに黄色いほこりがちらついて見える
陽はまだまだ高い
疲れはてて　わたしは立ちすくむ
そんなとき　おんどりが
コケコッコー
つんざくように鳴く
二声めで
わたしはめまいを覚え
三声めで　おそらく息苦しくなって
死の予感にとらわれるだろう

冬のフランチェスカ*

ああ　恋　あまい恋
この思い
燃えるような
からだのなかからつきあげるような

燃えるような思い
炎はそこまできているわ
見えない？
炎がゆれるのが

ひとの魂は紙のよう
空気のなかで
魂は燃えつきて
まっしろよ
灰みたいに

ああ　恋　あまい恋
恋は燃えて
恋を燃えこがし
やがて灰になるのかしら

地獄の炎よ
肉も魂も心も
焼き尽くしてほしい

そしてその炎のかたわらで
わたしたちは
満ち足りた愛で
怖がらずに
炎のなかにうごめく影を見ているわ

＊　フランチェスカはダンテの「神曲」のなかに登場する人物。夫の弟と恋に落ち、その不義のため夫に殺される。

こうしてあなたは満たされる

あわれ人間
苦しみを常食とせよ
それがいやなら　べつの一皿を食べ
もっと空腹を知るがいい

あわれ人間
苦しみをのみほせ

それがいやなら　べつの甘い一杯で
もっと渇きを知るがいい

友よ　たいらげよ
私があたえる苦しみの一皿一杯を
こうしてあなたは満たされる
他人の苦しみも引き受けよ
その寛容は人のしるところとなる

夢のなかでだれかがこう言った
これ以上ない気高さで
これ以上ない真実を

暗殺の森

かれはかのじょについてなにも語らず
わたしたちも聞かなかった
でも驚くほどのやつれかただった
きっと毎日かのじょに生き血をすわれている
証拠はないけど　きっとそうよ
わたしたちは言いあった

ある日かれを訪ねた　返事がなかった
わたしたちはみつめあった
きっと暗殺の森につれていかれたのよ
あの暗くて不気味な森
とうとうこんなことに
かれは暗殺の森で肉片をむしりとられ……
どうしたらいいかしら

なすすべもなく不安なときがすぎた
わたしたちは歩きまわり眠り
ときどき首をふっては嘆いた

もしかれがひとことでも言ってくれていたら
もしわたしたちがひとこと聞いていたら
あとの祭り　いまさら友人づらしても……
取り返しのつかなさに　わたしたちは沈黙する

言葉

わたしの心は喜びにあふれ
わたしのくちびるは乾きに閉ざされる
みちたりた心とうらはらに
くちびるは乾く
わたしは言葉がこわいのだ
話したり書いたりするのが
うまれいづるもの
うみだされるものすべてが怖いのだ
その恐怖がわたしの喜びをひるませる

色とりどりに　はなやかに

草は緑
チューリップは赤
花壇の花はピンク色
そのうえを歩くのは茶色のネコ
人生のすばらしさ
それを語るのに
じゅうぶんなくらい語られた
色とりどりに　明るくはなやかに
生きているものだけじゃなく
玄関や門　レンガにスレート　敷石だって
色とりどりに
雨がやんでお日様が顔をだしてみんなきらきら

水たまりだけが
見ればめまいを起こしそうな空をうつして
無色で暗い
さあ　いそいで
できるかぎりの色を集めて！
あの世ではすべてが無色らしいから
でもたぶん
死後の世界が無色だっていうのは
うそだわ

パグ

ノーフォークの友人ブラウン夫妻のパグ犬へ

パグ　おまえを嫌うひともいるけど
わたしは好きよ
おまえの息はイビキだ
そんなこと言うひともいるけど
それがなんなの
わたしのお尻にしょっちゅう鼻をつきつけてる
そんなことを言う人もいるけど
いいのよ　おまえは犬だもの

おまえを知ってるひとはみんなおまえが好きよ
ブラウン一家もみんなおまえを愛してる
パグ　いい子ね　あんたは幸せもの
パグ　散歩だよー

おまえも年をとった
いままで一度だって不安なんかなかった
だけど
おまえのその深いひとみは
うるんでこんもりしたひとみは
なにかにおののいている

不安が見え隠れしている
パグ　わたしにはわかるわ
奥さんがおまえのそばにいるとき
ご主人がおまえをひざにのせるとき
あんたがしんから安心してること
でも心のどこかに恐怖をいだいてる
それは今にはじまったことじゃないわね

パグ　老いとともにそれは強くなってきたのね
それほどの愛情につつまれていても
そんなに満ち足りていても
その不安と恐怖からは逃れられないんだわ

パグ　よくわかるわ　ひとも同じなのよ！

詩人ヒン

愚かな詩人はつぶやく
他の詩人はあれほどの名声を得ているのに
なぜにわたしは無名
詩人なかまからは一目おかれているのに
だから　墓碑にこう残そう
「他の詩人から一目おかれた詩人」
されば　わたしの名も残ろう

ヒンよ　なにを泣くのです

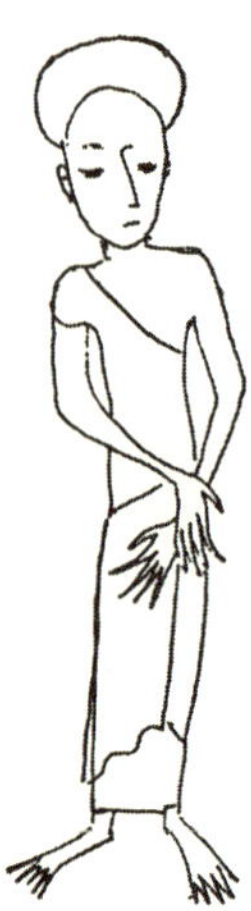

あなたは意志形と未来形を正しく使いわける
その教養はだれもがみとめるところ
言葉の正しい使い方
それこそいま皆が考えるべきこと

そう　そう　そのとおり
あなたはわかっていらっしゃる
お褒めにあずかり
いくらか胸のつかえもおりました

でも　ああ　ああ　なんてなさけない
わたしのこころは虚栄にみち
名声などといきがっても
ますますみじめになるばかり
ますますあわれになるばかり
でもこれからは
このみじめさあわれさをなんとかし

美しくも重い詩の言葉にいたしましょう

そう　そう　ヒンよ　それでこそ　あなたは詩人
あなたの愚かさ卑しさが
いま詩の扉をたたいたのです
気高さはそれだけで存在するものでなく
貧しさ浅ましさから始まるもの
そこからうまれる懊悩こそが
心を打つ言葉を生み出すのですよ

＊　イギリスでも文法の誤りが問題視される。ここでは will, shall, may, can などの用法、特に人称による使い分けが煩雑で知識人でさえ間違うことから、言語上の教養を讃えられた詩人ヒンが名声ばかり気にする自分の愚かさに目覚め、より崇高な芸術の世界にはいっていく姿を半ばコミカルに語っている。

いいことをしようと

ぼくはいいことをしようと
あくせく駆けまわるネコ
ある日いつものように
いいことをしようと
駆けまわっていたとき
いく手をはばむ人がいて
どけよ！
（だってぼくはいいことをするために駆けまわっ
　ているネコだから）
だけどその人はゆずらず
ぼくに手錠でもかけるような勢いだったので
ひょいと身をかわすと
　ああ　なんてこった！

だれが捨てたか
バナナの皮ですってんころりん
そのとき男にほっぺたをつままれたので
男の手首からひじのあたりに
ガブリ！　かみつこうとしたとたん
（つまりいいことをするために）
まさか！　男は消えていた
カラブリ！
だけど声がした　あわれなネコよ（つまりぼく）
そして頭をぽんと打たれて
それいらいぼくはハゲ
ぼくはこの仕事が天職だとおもってる
あるときパタパタという音がして
ガビン夫人の裏庭の塀に天使がみえたとき
ぼくは考えた
天使がいくてをさえぎって
腕をかみきられたりしたら

いいことをする意味ってなんなのかと
つまり　ぼくのやってるいいことが
まったく理解されず
はんたいに暴力でねじふせられたりするなかで
この仕事をつづける意味ってなんだろうかと
でも
そうはいっても
ぼくはこの仕事をやめるつもりはない
ぼくはいいことをしようと駆けまわるネコだから
はげの頭でぼくは行く
しおれた花はむしりとり
芝生をほりおこし
ふだんは見えない怒りのありかをみせてやる
ハハハ　ハイホー
だれもわかっちゃいない
いいことをしようと駆けまわることがどんなこと
か
この仕事には
現実をみきわめる深い洞察力と経験が必要なんだ
だから
天使のやっていることより価値があると
ぼくはひとり自負したりもするが
悲しいかな
天使もただぼくを哀れむだけなのさ

ヒッピィ・モ

わたしにはかわいい鳥がいた
ヒッピィ・モ
だけどここにはいたくない
出ていきたいと言う

わたしは鳥をぎゅっと抱きしめた

ヒッピィ・モ　行っちゃダメ
わたしといるのよ

するとヒッピィ・モは天井まで大きくなって
わたしをわしづかみ

ヒッピィ・モ
夜を飛ぶおまえの眼は闇の黒
ピカッピカッと稲妻を放つ
ヒッピィ・モ　ヒッピィ・モ
いったいわたしをどうするの

ヒッピィ・モは
わたしを陽のあたるところに連れて行き
鳥かごにわたしをとじこめ
わたしが怒って暴れると
わたしの手を押さえつけ
がんじがらめ

ヒッピィ・モ
はなして　はなして
わたしに死ねとでも？

ヒッピィ・モは冷たく
わたしのあがきにめもくれず
うんとも　すんとも　こたえない

めざめ

とろけるような恍惚のしゅんかん
それは午前八時
新しい一日がはじまるとき
しゃれた置時計が八時をしらせる

それを聞くのがわたしは好き
すばやくベッドからとびおきるのが好き
なぜかしら
朝の空気がとても冷たいから
わたしのなかに漲ってくる
新しい力を感じるから
そしてもうひとつ
朝のめざめが夢を終わりにするから

＊　原文のタイトルは「十一音節」で、すべての行が十一音節でできている。翻訳ではあえて日本語のリズムを大切にした。

黒い三月

わたしには友がいる
この世の果てに
その名は「あの世のそよぎ」
灰色のシフォンに身をつつみ
わたしにはシフォンに見えるけど
なんだか煙をまとっているようで
ちょっと見かけは変わっている

かれはシフォンに包まれて
ふんわりとおおいつくされて
だから顔は
いちどもみたことがない

でも目だけは見える
三月の黒い枝から
したたる雨滴みたいに
きらきら澄んでいる
かれは言う

わたしはあの世のそよぎ
あなたの未来のすがた

「黒い三月」とわたしはよぶ
だってその目は
三月の黒い枝からぽとぽと落ちる
雨粒のようだから

黒い枝のむこうに
雪のようにつめたい
ケンブリッジブルーの空が
どこまでもひろがって
それはきれい

でも　この友
わたしがどんな新しい名前をあげても
かたくなに言う

どんな名前をもらっても
わたしはあの世のそよぎ
あなたの未来のすがた

海の未亡人

かわりないかい　ぼくの愛しいひと
ずいぶんたったわ　あの日から
帰ってきてほしいかい　そばにいてほしいかい
そうよ　そしたらどんなにいいか
いまはだれといるの　愛しいひと
黒ずくめの人よ　夕なぎとともにやってくるわ

いったいだれなんだ　そいつは
　呼びもしないのに来るの　その人は
その人の名は　絶望！

夢のなかで

夢のなかで
わたしはいつもさよなら、と走り去っていく
ゆきさきもない　理由もない　どうでもいいこと
別れはすてき　別れたあとはもっとすてき
さいこうなのは別れの夜　そわそわした空気

夢のなかで
みんないつもさよなら、と手をふっている
そして別れの杯をわたしにたむけ
わたしは微笑んでそれをのみほす

旅立ちのときがわたしはうれしい
ひとり旅立つことがうれしい
そして　そのうれしさをだれも知らないことが
わたしはうれしい

カシの木の墓

そこにいるのね　アンナ
冬の雪空のした
墓の中にあなたはいるのね

死んだらひとはどこに行くの
どこに住むの
どこかに行くってみんな言うけど
いったいどこ

教えて　ねえ
わたしもそこに行くのかしら
カシの木が言う
知ってどうなる
雪が言う
泣きなさい

発作

わたしは若く美しい木だった
きれいな庭で
葉には陽をいっぱいあびていた
ああ　どんなにその日を避けたかったか
ああ　どんなにその日がこないよう祈ったか
わたしは陽をあび
その恵みを喜んで受けてきた
でも心の底で血を流す
若さは哀しみ
刺すような苦しみ

ああ　青春　お行き
おまえはわたしの老いに囚われ死んでいく
さよなら　さよなら
もはやおまえを喜ばすものはない
すると私の青春は言うのだ
私は行きません
愛と痛みであなたを慰めましょう
そして　お望みなら　とっておきの薬をさしあげ
　ましょう
その粒を飲めば
老いの感覚がなくなるのです
もらって損はない薬

でも　わたしがあなただったら
けっして飲みはしないでしょう
そのままの人生をみていたいから

そうだ
この世の命はそんなに長くはない
でも永劫の命を思えばしあわせだ
肉体が消え……こころの平穏がおとずれるから

墓から

詩を書かない詩人ここに眠る
詩人の魂が叫びながら夜をかけぬける
ああ　わたしに紙を！　ペンを！
それがあればすぐにも書き始めよう

ああ　あわれな魂　おだまりなさい
ここは黄泉のくに
ペンもない　紙もない
そして時間もない

あかり

あかりを消して
そのまぶしいあかりを消して
さあ　いらっしゃい　闇

昼間を消して
そう　そろそろ幕をひく時間

いますぐに！

死よ　来たれ

わたしはもうだめ
でもじたばたしない
神はどこかしら
でも声をかけるのは別のひと
さあ　死よ　わたしを連れてって

ああ　あなたはいいひと
こんなとき呼んで駆けつけてくれるのは
あなただけ
だから　いい　しっかり聞いて
声をふりしぼるわ

死よ！　きてちょうだい

解説

スティーヴィー・スミスという詩人

ハリー・ゲスト
郷司眞佐代　訳

スティーヴィー・スミスは独創的な詩人である。彼女自身による一風変わった愉快なイラストとともに詩の独自性は類まれであり、その奇抜なテーマや物語は常に読者の意表をついてくる。

笑いと憂鬱、信仰と無信仰、喜びと不安といった両極をこまかく行き来することで、読者を闇の部分に直面させるかと思えば、急に快活に陽だまりに走っていってしまう。そんな彼女は正真正銘のヒューマン、矛盾にみちた人間そのものであり、それが読者に新鮮な驚きを与える。

スティーヴィー・スミスはだれも真似のできない詩の朗読をした。いつも歳にあわない少女じみた服を好んで着たため変に誤解もされたが、そのような天真爛漫性こそ聴衆の心を即座に惹きつける要素となった。なかば歌うような声で詩を朗読しながら、彼女はどう読んだらいいかを熟知していた。いかに聴衆の笑いをさそうか、いかに聴衆をひきこむか、また同時に、いかに調子をかえて不安や恐怖におとしいれるかについてよく心得ていた。いわば、素人にある羞恥とかためらいとか曖昧さのないほんとうの聴かせる朗読をした。

生涯独身の詩人としてフェミニストから支持されてきた。しかし男ともだちとの親交も広く、恋愛も幾度か経験している。とうぜん女性の声で語られる詩が多いなか、男性の視座で語られるものも少なくなく、しばしば男性の批判的な眼で女性の虚栄心や弱さ、きどり、冷たさをよんでいる。その男性の特質を彼女はまた同じ調子で批判してもいるのだが。彼女は男女関係の情景をよむのがうまかった。夢みるような年頃の恋とか、裏切りや報われない愛の哀しさ、中年カップルのすれ違いとかを巧みによんだ。

また、伝説やおとぎ話の情景を好み、美しくも不気味な神秘と魔法の世界に読者をいざなう。同時に実生活のなかの情景、それは丘や川などイギリスの美しい田園風景であったり、ロンドンの通りや公園、パブであったり、そんな生活の場を好んで使っている。

そしてなによりも彼女は読者を笑いにひきこむ。彼女はシャープで斬新で、バカバカしいことが好きで、そのナンセンスな詩はエドワード・リアやルイス・キャロルの延長線上にある。しかし特筆すべきは、おかしな話に興じているようでありながら、その陽気さとは相反する暗い絶望感が底流にながれるのを読者は感じるだろう。このメランコリーは常に存在する。彼女の真骨頂は、その人間理解にあるといっていい。人の人生とはいっしゅんの楽しみと悲しみ、というものだ。幼少時に結核をわずらい、思春期に母をなくしたことは少なからず傷となって残り、彼女の人生観に影響をあたえた。強靭さと繊細さ、喜びと絶望、彼女はそれらを優しさとウィットで表現し、二十世紀という時代を生きるとはどういうことかを検証してみせた。代表作「手を振ってるんじゃない溺れてるんだ」のような詩群がいまも女性からも男性からもおおいに評価され、朗読されているのは当然といえるだろう。

スティーヴィー・スミスの多様な詩情に深い共感を寄せる訳者が、同じ女性として詩人として、深い洞察力をもって日本語訳に取り組んだことは、ひとりの英国詩人にとってたいへん幸運なことである。

二十世紀英文学の重要な詩人のひとりであるスティーヴィー・スミスに数年間向き合ってきた郷司眞佐代さんの翻訳の仕事につきあい、楽しく刺激的なときをともに分かち合えたことに心から感謝したい。

ハリー・ゲスト：英国詩人。一九三二年生まれ。英国エクセター在住。「Puzzling Harvest, Collected Poems 1955-2000」など詩集多数。

スティーヴィー・スミス　その人と作品

郷司眞佐代

一九六九年クィーンズ・ゴールド・メダル授賞式の日、バッキンガム宮殿の門前におかっぱ頭の小柄な女性が女学生のようないでたちで現れ、しばらく足止めをくった。授賞式に来たと伝えたが門番にはそれらしく映らなかったようだ。やがて中に通された彼女は女王に謁見したが、話の途中女王が詩にあまり興味がないとみると、当時世間を騒がせていた殺人事件にきゅうきょ話題を変えおおいに場をもりあげたという。スティーヴィー・スミス、そのエピソードそのままに、少々エキセントリックで、明るくウィットに富んだひとだった。

英国ヨークシャーのハルに生まれ、三歳でロンドン郊外パーマーズ・グリーンに移り住んだ。父は家庭を捨て母は早く亡くなり、親代わりの伯母とともに生涯独身でこの地を離れることはなかった。パーマーズ・グリーン駅から二十分も歩いた住宅街の一区画、エイボンデール通りに、詩人がほぼ一生涯を伯母と暮らし、「女の館」にもよんだ家が、おそらく当時とさほど変わらぬ静けさでひっそりと立っている。いまは文化財として保存され、壁のブループラークに「スティーヴィー・スミス　詩人一九〇二―一九七一ここに住む」と記されている(写真)。

病弱な文学少女で早くから詩を書いていた。高校卒業後は大学ではなく秘書養成所にすすんだが、当時女性が大学に行くということは教師になるということであり、自分が教師に向いていないことをよく知っていたこと、また病弱であったことから学業の遅れを自分なりに感じていたためらしい。秘書訓練期間を終え雑誌社の秘書として働き始めるが、ひそかに詩作し貪欲に文学を読んでいた。三十代はじめに、書きためた詩を出版社にもちこんだが、逆に小説を書くよう勧められ、短期間で書いた小説『黄色い紙に書かれた物語』で文壇デビューすることになる。ヴァージニア・ウルフ流の「意識の流れ」スタイルで書かれた本書は話題をさらい、地味な会社員が

一躍売れっ子作家になった。本人は詩よりも小説がもてはやされるのは本意ではなかったようだが、これを機に文壇仲間との交流をひろげ、ジョージ・オーウェル*ら多くの文学者や知識人と親交を深めていた。

　しかし詩の出版のほうはなかなか思うようにいかなかった。伝統的な詩の流れに与《くみ》しない、一見ふざけたような、曖昧で捉えどころのない彼女の詩はまだよく理解されず、従って文筆収入もなく、生計のため三十年間も平凡な会社勤めを辞めることができなかった。この二重生活の心的葛藤は作品からもうかがえる。文学的素養もあり能力も高い彼女に、書類整理や接客やプライベートの買物など些事にいたる秘書という職業が、精神的な負担となっていったのだろうか。「ふさぎの虫」のジョーンや「女騎士ローランディン」のローランディンは彼女自身の姿といっていいだろう。ストレスで退職してからは僅かの年金暮らしで、生活のために書評や評論なども手がけている。

　彼女が再び大きく脚光をあびたのは六〇年代。音楽ではビートルズやボブ・ディランのバラッドが新しい流れ

を作り出していた頃、詩の領域にもそれに似た流れが生まれていた。今までの保守的で知的で硬質な表現でなく、平易で斬新で刺激的な表現を求める動きが詩にも波及し、詩は詩壇を超えて日常のなかに入っていった。人々は芝居にでかけるように詩の朗読会に出かけ、朗読という一文化が形成されていくなかで、口語的で音楽的リズムあふれる彼女の朗読は熱烈に受け入れられた。まさに、韻律やリズムを得意とした詩人の面目躍如の時期だった。ＢＢＣ番組での朗読をはじめ、劇場やホールでの朗読会やレクチャー、ワークショップ、学校や大学、文学や詩のサークル、小さな集会やパブ、求められるところどこへでもでかけ、小さな体でパワフルに躍動感あふれる朗読を行ったという。ときには会場に入りきらないほどの聴衆を集める人気だった。一九六九年にはロンドン・フェスティバルホールのガラリサイタルの大聴衆の前で、エズラ・パウンド、テッド・ヒューズらとともに朗読を行い大成功をおさめている。クィーンズ・メダルもこの年に受賞し、晩年にいたるまで全国を朗読してまわった。一九七七年に上演されたヒュー・ホワイトモアの芝居「スティーヴィー」で詩人を演じた女優グレンダ・ジャクソン（現在は引退し政治家となっている）は、少女のような張りのある声で朗々と詩を読む詩人の姿に強く印象づけられたと語っている。

　詩のなかで彼女は思いつくまま自在に姿を変えていく。あるときは少年や少女となって他愛ないナンセンスなはなしをし、あるときは母となり娘となり恋人となってちょっぴりくせのあるひとりごとをいい、またあるときは女性らしい恋心を高らかに、またやるせなくうたい、あるときは宗教や死について冷ややかに語り、あるときは自然や動物に対する人間の傲岸を突くといった具合にテーマは非常に多様である。しかもそのときの気分しだいでテーマを随意に変えていくため、しばしば読者をとまどわせるが、彼女はそれを楽しんでやっているかのようであり、読者もそれを楽しんでいいと思う。

　そして発想はユニークである。発想のユニークさ、それは、なにげない日常のなかに、不穏でグロテスクな側面や、脅威のシチュエイションをおりこむところにある。たとえば「迷子の少年」や「おとぎばなし」に使われる森はもはや遊びの森ではなく、悪意に満ちた不気味なところであり、それでいて拒否できない不思議な空間となっていく。また、「暗い森に　あなたと」の威嚇する森は、日常の平和や愛すらも拒絶して行くところであり、「ジャングルの夫」が入り込む危険な森は、妻からの逃避あげくは解放の象徴にすらなっている。このように、平穏な描写のなかにトーンの変化をおりこむ手法は作品の随所にみられる。

また、彼女は独特な宗教観や死生観を持っていた。子どものころから、父の不在、病気、母の死など、人生の寂しさを経験したことが影響しているが、それは彼女の作品にメランコリーな流れをつくりだしている。

敬虔なキリスト教の家庭に育ち、日曜日は教会に行き讃美歌を歌うのがあたりまえの生活だった。そんな伝統的キリスト教教育をうけながら、やがて世俗的で形式的な宗教を嫌悪するようになり、ときに反宗教的であったりもした。決して神の本質を否定したわけではないが、信仰が陥りやすい宗教的妄想やあやまちを敏感に感じ、それに対し根源的な疑問を投げかけ痛烈な批判を行った。たとえば「バイバイ　メランコリー」で彼女は、神は人間が作り上げたものであり、その人為的な神に信仰という名目で都合のいい祈りをする人間の身勝手さを批判している。しかしいっぽうで、自分の心の奥底にすむ神を否定せず、「神　大食漢」にみられるような独特な神への愛をうたってもいる。この点では彼女の矛盾した宗教観を垣間見ることができるだろう。

そして、死は彼女にとって永遠のテーマであった。彼女を絶賛し、同じく死にこだわった詩人シルビア・プラス*は夫の詩人テッド・ヒューズとの生活で破滅的最後をとげたが、スティーヴィー・スミスにはこのような破滅性・悲劇性はない。八歳のとき結核サナトリウムで寂しさから自殺を考え、でも死はいつでも選べる、なぜ今、と思いとどまったときから死は恐怖ではなく、身近な友、永劫の安らかな憧れの世界となった。それが「人生はつらいもの、でも賞賛すべきもの」というドライな人生観をうみだしたのである。

「人質」、「『ポーロックの客人』私感」などには、宗教または死という深刻なテーマを扱いながらどこか突き放した、あるいは揶揄するような余裕があり、「荒寥の海」や「カエルの王子」、「さそり」などでは殆ど死は憧れとして捉えられている。happyが現世の幸せであるのに対し、彼女が求めたものは現世でのあらゆる苦しみ痛みを超えたあの世の幸せ・至福heavenlyであって、頻繁にこの言葉を使いながら、死すなわち至福という図式を作品に昇華させていった。「ふさぎの虫」のジョーンが見つけたのも、また「おばかさん」のユージニアがみつけたのもこの至福の世界だった。

彼女の作品の多くには明るさと暗さ、磊落さとシニシズムが同居する。代表作の一篇、「手を振ってるんじゃない　溺れてるんだ」は、だれにも理解されない者の苦しみをコミカルに詠んでいるが、陽気さのなかに、常識や伝統や社会的通念を共有できないアウトサイダー的要素が織りこまれている。社交的な性格でありながら究極的には社会の主流に安住できないアウトサイダー的存在という意識から解放されることなく、それゆえの寂寥感は、たとえば「パグ」や「ロバ」や「ウィブトンのやさしいハト」などにみられる、動物への深い同情心からも汲み取れるだろう。彼女はしばしばノーフォークの友人を訪ね、ここの自然に遊んだが、つぎのような詩も残している。

ここでの日々は活気にあふれ
もうしぶんない
でも　わたしは　ここにはいない
どこにいても
わたしは　わたしじゃない
説明なんかつかない
わたしの顔はぼんやりと
遠いところをさまよっている

このようなユニークさをもちながら、彼女の直感的な女性らしい詩的感覚、明るくユーモアのある遊び心はいまだ新鮮であり時代、文化を超えて共鳴をよぶものと思う。

脳腫瘍でたおれ病床で書いた「死よ　来たれ」が遺作となった。詩人として言葉を操れなくなったとき、それは生涯追い求めた死、この世からの解放に身をまかせるときだった。話す力もないなか、「死」の文字を丸で囲んで延命措置を拒否した原稿を友人に手渡し、一九七一年六十八歳でこの世を去った。

ここにおさめた詩はペンギンブックス『スティーヴィー・スミス選詩集』を中心に『さそり』その他の詩集から私選した。あまり日本には紹介されていない詩人のオリジナリティーが伝われればと切に願うとともに、彼女が詩とともに描いたユーモアたっぷりな愛すべきイラストも詩の一部として楽しんで頂ければ幸せである。

＊ ジョージ・オーウェル　イギリスの作家。『動物農園』『１９８４』。

＊ シルビア・プラス　アメリカの詩人。英国留学中に詩人テッド・ヒューズと出会い結婚、後不和となり一九六三年自殺。死後ピューリッツァー賞受賞。

年譜

一九〇二年　フローレンス・マーガレット・スミス、イギリスのヨークシャー州ハルに生まれる。
一九〇六年　父と別居。母、伯母、姉とともにロンドン郊外パーマーズ・グリーンに転居。ここが生涯の住処となる。
一九〇八年　結核サナトリウムにて三年間の療養生活。
一九一九年　母死す。
一九二〇年　ノース・ロンドン・コレッジに入学。
一九二二年　ロンドンの秘書養成コレッジに入学。
一九二三年　ロンドンの出版社で秘書として勤務。以後三十年間勤続。
一九三六年　小説『黄色い紙に書かれた物語』を出版。
文壇デビューにより文学関係者と広く交流。
一九三七年　詩集『良き時代はみんなで』を出版。
一九三八年　小説『国境のむこう』、詩集『オンリー・トゥ・ワン』を出版。
一九四二年　詩集『お母さん　男って』を出版。
一九四九年　父の死、葬儀には参列せず。小説『休暇』を出版。
一九五〇年　詩集『ハロルドの崖』を出版。
一九五三年　ストレスのため自殺未遂、退職。同時に病の伯母の介護生活に入る。

生活のため評論、書評など数多くこなす。
一九五七年　詩集『手を振ってるんじゃない　溺れてるんだ』を出版。
一九五八年　この頃からBBCラジオや朗読会での朗読を精力的にこなす。
一九六〇年　イラスト集『キャッツ・イン・カラー』出版。
一九六二年　BBCラジオ劇『ターン・アウトサイド』。
一九六六年　詩集『選詩集』出版。
詩部門でコルモンドリー賞受賞。
一九六八年　詩集『カエルの王子』出版。
一九六九年　伯母九十六歳で死す。
詩集『ベスト・ビースト』出版。
一九七一年　詩部門でクィーンズ・ゴールド・メダル受賞。
詩の朗読で全国をまわる。
一九七二年　脳腫瘍により六十八歳で死す。
一九七五年　詩集『さそり』出版。
一九八一年　詩集『スティーヴィー・スミス選詩集』出版。
未発表作品集『ミー・アゲイン』出版。

スティーヴィー・スミスの作品

・小説

『黄色い紙に書かれた物語』　一九三六年
『国境のむこう』　一九三八年
『休暇』　一九四九年

・詩集

『良き時代はみんなで』　一九三七年
『オンリー・トゥ・ワン』　一九三八年
『お母さん　男って』　一九四二年
『ハロルドの崖』　一九五〇年
『手を振ってるんじゃない　溺れてるんだ』　一九五七年
『カエルの王子』　一九六六年
『ベスト・ビースト』　一九六九年
『さそり』　一九七二年
『スティーヴィー・スミス選詩集』　一九七五年

・その他

『ミー・アゲイン』エッセイ評論　一九八・年
『キャッツ・イン・カラー』イラスト集　一九五八年

・参考文献

『スティーヴィー・スミス　批評的伝記』
フランシス・スポールディング著　一九八八年
『スティーヴィー・スミスを捜して』
サンフォード・スターンリッチ著　一九九・年

訳者あとがき

本書の出版にあたりいろいろな方のお力を頂きました。

スティーヴィー・スミスが信頼をおいていた友人で遺作を受け取ったジェイムズ・マクギボン氏の息子さんであり、ジェイムズ・マクギボン・エステイトの代表ハミシュ・マクギボン氏に深くお礼を申し上げます。三年前に日本語翻訳の許可を申し入れたとき、また漸く出版に漕ぎつけ作品とイラストおよび写真の使用許可をお願いしたときも快諾を与えてくださり、寛大な支援に幾度も救われました。『スティーヴィー・スミス詩集』を数年前の私の誕生日に贈ってくださった古くからの友人である詩人ハリー・ゲスト氏の存在なくしては、この翻訳は果たせませんでした。氏の知識の深さに敬意を表し、貴重な助言に深く感謝します。夫人の小説家リン・ゲストさんの心暖かい激励にも助けられました。詩人の墓を訪ねたいというわたしの気まぐれにつきあって南イングランドの冷たい冬の雨のなか懸命に探し回ってくださったふたりの姿がいまも瞼に焼き付いています。忙しい執筆の合間をぬってゲスト氏からは解説の文を頂き感激しています。

また、出版にあたり土曜美術社出版販売社主の高木祐子さん、詩人会議の葵生川玲さんにも大変お世話になり厚くお礼を申し上げます。

上記のかたがたに加え、本書の出版に関わってくださったみなさんに心から深く感謝申し上げます。

新・世界現代詩文庫 6

スティーヴィー・スミス詩集

発行　二〇〇八年八月一日初版

訳者　郷司眞佐代

装幀　斉藤　綾

発行者　高木祐子

発行所　土曜美術社出版販売

〒162-0813　東京都新宿区東五軒町三—一〇

電話＝〇三（五二二九）〇七三〇

FAX＝〇三（五二二九）〇七三二

郵便振替＝〇〇一六〇—九—七五六九〇九

印刷・製本　モリモト印刷

ISBN978-4-8120-1673-2 C0198